LOCUS

LOCUS

LOCUS

LOCUS

to

fiction

to 58

我心中的石頭鎮

作者：郭小櫓（Xiaolu Guo）

責任編輯：莊琬華

校對：呂佳真

法律顧問：全理法律事務所董安丹律師

出版者：大塊文化出版股份有限公司

台北市105南京東路四段25號11樓

www.locuspublishing.com

讀者服務專線：**0800-006689**

TEL：(02) 87123898　FAX：(02) 87123897

郵撥帳號：18955675　戶名：大塊文化出版股份有限公司

總經銷：大和書報圖書股份有限公司

地址：台北縣五股工業區五工五路2號

TEL：(02) 89902588　FAX：(02) 22901628

排版：天翼電腦排版印刷有限公司　製版：源耕印刷事業有限公司

初版一刷：2008年7月

定價：新台幣250元

Printed in Taiwan

國家圖書館出版品預行編目資料

我心中的石頭鎮 / 郭小櫓著. -- 初版. -- 臺北市 : 大塊文化, 2008.07

面； 公分. -- (to ; 58)

ISBN 978-986-213-069-8(平裝)

857.7　　97010859

我心中的石頭鎮

郭小櫓 Xiaolu Guo　著

獻給故鄉石塘

陰影與光芒，一切都從那兒開始

關於石頭鎮

我看著我的船越來越遠地駛向石頭鎮海洋的深處，風浪在我的記憶裏越來越眞實，我漸漸地遠離了我身邊這個龐大的城市，龐大的建築物，龐大的人群，我撒下魚雷，我攻克著我內心隱秘的碉堡，一個接一個，那些轟炸聲震動著我的耳膜，那些破碎的浪花打濕了我的衣裳，不久，一切又平息在海底深處，那些魚雷，也炸死了游弋的魚，海變成紅色，我感到疼痛，我不要它們的死亡，我站在甲板上哭泣，我看著我的眼淚落入石頭鎮的大海，悄無聲息，那兒埋葬著我的魚，我的記憶，我的童年，我的前世的秘密。

郭小櫓　二〇〇〇年秋天

引子

一切都是從那條鰻魚鯗開始的。那條從石頭鎭某個不知名的街巷寄來的鰻魚鯗。

它是一條大約有八十五釐米長的海鰻魚，從中間剖開了，但仍然能看出連成一體的背鰭，臀鰭，與尾鰭。尾鰭相當長。依我的想像，這條鰻魚應該是按照石頭鎭製作鰻鯗的傳統方式鹽漬的，也就是說，五公斤重的鰻魚，撒了兩公斤的粗鹽。可以看見刀的痕跡，從海鰻銀白色的腹部切入，然後刀刃抽出來，再從海鰻的頭割到尾，緩緩地剖開，一分爲二，成爲一副中間連帶的魚鯗。

這麼大的一條海鰻，我想它應該是在農曆七月，鰻魚最肥美的時候被漁民打了上來，它先是被掏了內臟，然後懸掛在冬汛季的朝北的窗下，直到風乾成像刀背一樣堅硬，最後，有一隻我並不知曉的手，將它從通風的屋梁下摘了下來，縫進包裹，寄到了一千八百公里之外的一個城市，寄到了那個城市我和朱子所建立起來的一個家中。

當我拆開那個散發著魚腥味的包裹，朱子，在這個城市裏我唯一親密的男人，他站在我的身邊，目光一直聚焦在那個包裹上，滿腹疑惑地問我：

「從哪兒寄過來的?」

「石頭鎮。」

我淡淡地吐出這三個字。

「石頭鎮?」

朱子的目光更加迷惑,似乎聽到遠古傳來的一個聲音。

包裹很重,當我慢慢把那條巨大的乾鰻魚拉出來,挪到桌子上的時候,朱子驚呆了。鰻魚似乎還活著,它那條巨型的尾巴,尖尖地往上翹了起來,就像馬上要游走一樣。

就在那一刻,魚的氣味,東海的鹹腥的氣味,石頭鎮颱風的氣味,刹那間從眼前的物體身上流淌了出來。記憶被接通了,記憶之水,一下子,鋪天蓋地地湧進了時間的隧道。

我在石頭鎮上度過了我生命最初的十五年。現在,我離開了石頭鎮。我距離石頭鎮一千八百公里之外,我跟完全不瞭解石頭鎮故事的男人在一起,我跟完全迥異於石頭鎮的大城市打交道。我已經很久沒給石頭鎮上的那些人寫信,我知道我仍然想著石頭鎮,想著那些事,想著那些人,那些曾經歷過我身體的那些人,那些我也曾經歷過他們生命的那些人。

如果沒有那條遠道而來的鰻魚羹，我不會再去回憶，那個地方，那個叫石頭鎮的地方。

一切的記憶，就這樣開始了。

1

還是暫且把記憶的門關閉幾秒鐘，我先來介紹我的現在。

現在我跟朱子在一起生活，我們住在北京，乾燥，巨大的北京。我二十八歲，朱子二十九歲，離三十而立沒有幾天，而我們在這個城市卻從未感覺到立足。這個年齡段，對所有害怕青春逝去的人來說都是敏感的，可我看見我的二十八歲，並沒有多少非常意外的地方，二十八歲，離年少無知已有些距離，可是離人世耄耋卻還是蒼蒼茫茫。說到二十八歲，我唯一覺得有點聯繫的是媽祖娘娘是在二十八歲時去世的，那不叫去世，在我的石頭鎭老家，漁民們說她是「羽化升天」，變成了仙人。在石頭鎭，沒有一個漁民不拜媽祖的。媽祖娘娘活著時是個賢人，她搭救那些在風浪中飄搖的船隻，並給漁民們預報海上的天氣，可她二十八歲就得病死了，留下來一座座的媽祖廟，飄著香火地站在那些颱風侵襲的海角。二十八歲，而我還好好地活著，也許算不上完全「好好地」，我時常活得心懷恐懼，卻不知恐懼什麼。我想媽祖娘娘是個沒有恐懼心的人。這也許爲什麼她能施愛別人。而我，一直只在乎自己。

我在這個城市的一家錄像租賃店裏工作，也就是說，在北京的北邊，海淀區學院路附近的一個街角，錄像租賃店小小地擠在一排高大的楊樹後面。楊樹在春天飄滿了白色而骯髒的楊絮。錄像店左邊的隔壁是賣藥的，是那種特殊的藥，成人用品。右邊的隔壁是賣童裝的，那種小工廠做的色彩鮮豔的小孩衣褲。我們三家店互相依存著，誰也搶不了誰的生意。雖說都是不起眼的芝麻小店，可是這個城市需要我們，就像我們需要這個城市一樣。

我在這家店給一個中年的老闆打工，整個店面也就十二平方米，牆壁上貼滿了香港和美國的電影海報，成龍，湯姆．克魯斯，茱莉亞．羅勃茲。我的工作是出租電影錄像帶，站在不到兩平方米的櫃台裏，幫顧客查找錄像帶加上收錢再加上偷偷看錄像。工作有些單調，可是能看各種電影讓我感到滿足。朱子剛剛辭去一份工作，他不喜歡工作，他說工作是愚蠢的。這倒也無妨，終歸來說朱子是個不錯的男人。雖然我不知道我們能在一起處多久。

我和朱子像兩隻寄居蟹，寄居在這個龐大的城市的一幢高樓裏，高樓一共是二十五層樓，而我們住在一層樓，當我們在被窩裏翻身的時候，常常感覺身體沉重，難以輕鬆地運轉我們的肌體，這可能跟頭頂的二十四層的重力有關，跟頭頂二十四層樓裏幾千個住戶總和起來的重力有關。與其說我們是兩隻寄居蟹，還不如說我們羨慕寄居蟹的生活，寄居蟹是住在隨身攜帶的螺殼的房屋裏，它們也能隨時地從螺殼屋裏爬出，搬進新的合適的螺殼中，而我們，我跟朱子，卻不能。

我們倆相依爲命地住在這個一層樓的房間，不聲不響地看書或是睡覺，像是兩個去日無多的老年人。我們不養貓，更沒有狗，我們曾經種過幾株可能能開花的植物，可是對面一幢一個模子築出來的二十五層大樓擋住了太陽，所以我們的一層照不到陽光，準確地說，那幾盆可憐的植物，想要爭取到那珍貴的陽光，必須在上午八點到八點四十五的時候探直了身子，如果錯過了那四十五分鐘微弱的而且斜射的陽光，它們就得在下午四點到四點四十五分鐘的時候努力彌補光照，那個時間段裏，主人必須記得把晾在它們頭上的衣褲拿走，必須記得把一切在西邊方向擋住它們光線的物件移走，否則，它們將在白天永遠地錯過了合理的光合作用。因此，植物養了不到半年，就合理地死了。我們也曾經養過兩條大眼泡的金魚，一條叫赤名莉香，一條叫永尾完治。我們讓它們游在窗邊的一個綠色的大玻璃缸裏，希望它們能持續不朽的東京愛情故事。可是，當我們意識到養活魚就是每個星期再去市場買回來新的赤名莉香或是新的永尾完治時，我們便不再往那個加滿水的綠色大玻璃缸投放新的生命，現在，那個玻璃缸還放在窗台邊，只是呈現著乾澀的綠色，關於赤名莉香與永尾完治的愛情終究是空空蕩蕩的一段記憶而已。就這樣，在這個家裏除了會偶爾看到爬行在廚房裏的蟑螂，剩下的，就是我和朱子，馬馬虎虎地還活在這個陰暗的一樓房間裏。

而住在這幢高樓裏的居民們，每時每刻在我們頭頂炒菜剁肉，做愛吵架，洗澡沖馬桶，跳健身操搓麻將，打孩子又哄孩子，釘釘子後鑽電鑽，從早到晚，節假日無休。他們精力旺盛的日常生活層層疊疊地從二十五層的樓頂彌漫下來，壓迫著我們一層樓的鬱悶的生活。正如記憶，壓迫著我看起來平靜的日子。我有時會跟朱子談起我的石頭鎮。但是，他對我的石頭鎮一無所知，他對我的何去何從也是一無所知，我知道，其實，我的故事與他的生活無關。我從一開始，到現在，我的內心與我的以往，都沒有進入到他的生活。我們的血管是分離的，我們的血液是分流的。我們的肉體在每個夜晚交錯在一起，可是，我們的記憶，無論是夜晚或白天，從來都沒有交錯過。

我的來龍去脈，與朱子的來龍去脈，沒有任何關聯。

朱子的世界，是個封閉的圓圈。但，這沒關係。我知道我自身也是一個封閉的圓圈，我只能在我身上找到起點，同時找到終點。我沒有辦法在別的一個圓圈上找到起點和終點。除非是兩個圓圈交叉了，除非是兩個圓圈重合了，可是，這個道理就像是兩個人無法重合一樣。兩個人，永遠是一個人加另外一個人。這個加法，就是人永遠孤獨的緣由。

所以，儘管，我與朱子在一起，每天，不曾分離，可我卻觸摸不到他的愛。就像他一直是個喜歡玩飛盤的人一樣，我一直接不住這只飛盤。

愛情是不確定的，工作是不確定的，我們租住的一樓房間何去何從是不確定的，我和朱子的未來更是不確定的。

只有一件事是確定的，我已經離開了那個颳著颱風的，有著漫長的黃梅天的海邊小鎮，眞的是與那個用石頭塊蓋房子，用石頭塊鋪路的漁鎮遠遠隔開了距離。我眞的是，逃離了幼年開始的那些錯亂而複雜的情感，那些可能在別人看來不値一提，或者只是報章新聞的故事。

可是，石頭鎮，那個位於北緯二十八度二，東經一百二十一度三的海島，那個方圓只有十六平方公里的小小海角世界，那個被墨綠色的養殖海帶爬滿的褐色海塗地，那個被亞熱帶濕潤季風氣候和熱帶海洋的氣流所交替覆蓋的海岸，那個在中國地圖上沒有航線，沒有海運，只有深藍一片水漬的地方，它依然纏繞著我。就像是每個子夜時分重複做的一個夢，就像是具有絕對權威的一樁事件，就像是今生難以逃遁的一種鄉愁，你履行著對它的忠誠的記憶。這些記憶，被那條莫名而來的乾鰻魚鯗扯出來，從那天以後，當我走在這個城市，聽到夜晚的公共汽車慢慢地停在無人的車站時，或者，當我下班回來進廚房點燃火柴準備做飯的時候，或者，在我早晨起來掀開牙膏蓋擠出牙膏準備刷牙的那一刻，莫名的，驟然的，不期而至地湧現了出來，一如石頭鎭的潮水，來勢洶湧，將我童年的膝蓋淹沒。

十多年前那些幼小的，恐懼的，潮濕的，無助的，黏稠的，疼痛的記憶，淹沒了我的十多年以後再生的情感，以至於，我總是覺得，我與朱子在這個城市所建立起的愛，是微不足道的，它無法與我以前那個世界的愛相比。更無法與我以前那個世界的恨相衡。

2

那時，那時我七歲了。

我的記憶只能從七歲開始，七歲之前，我的記憶就像是沾滿雨滴的毛玻璃，呈現一片混沌。然而，在七歲那年，發生了很多事情，在我內心，是恐懼而難言的情感，從而，我永遠地記住了從那一年開始的故事。

那時我七歲，不算太小，懂了一些平常人間的人情溫暖。可事實上，我比相同年齡的孩子們看到了一些不應該那麼早就看到的人間冷暖，所以我很小就顯得冷漠。我沒有見過父母，從來都沒有。聽祖母說，母親生我，是在一條搖往接生婆家的小舢板上，中途她艱難地生下了我，當舢板靠岸的時候，血流盡了，她死了，她幾乎都沒有上岸。我對這樁事件當然沒有絲毫的記憶。包括父親，他不是事件的目擊者。

後來祖父把我取名叫珊紅，跟大海有關的一個名字，意思是紅色的珊瑚，我見過白色，還有綠色的珊瑚，卻從來都沒有見過紅色的珊瑚，我覺得，紅色，可能是跟那船舷上沾滿母親的血有關。祖父又給我起了個小名，叫阿狗。阿狗這個名字好，命硬。祖父說，石頭鎮有十多個叫阿狗的小孩，因爲名字越難聽，閻羅王就越不願意把你捉去，所以你的命越硬。眞的，石頭鎮每年颱風季節，閻羅王都會上海灘捉走那些正在玩的小孩，那些名字好聽的，都被捉走了，沒有人想要名叫阿狗，或是阿癩的小孩。

母親生下了我就死了，祖父給了我名字，祖母養大了我。而父親，從我出生到擁有「珊紅」這個名字，都沒有在場，聽說他是什麼右派，很早就離開了家鄉，他遠在「外地」，似乎只有母親知道父親在「外地」哪一個角落，可是母親忽然死了，於是再也沒有人知道父親在什麼地方。

我從祖父祖母的語言中得來「外地」這個辭彙，外地是一個什麼樣的概念？我完全不知道。祖母跟我解釋：外地，就是石頭鎮以外的地方。

而石頭鎮，是我的一切，是我沒有洞眼的碉堡，是我生下來就挖好了的墳墓。石頭鎮上的人，在老死之前，早就有了墳墓，因爲石頭鎮只有一個山頭能做墳，所以很多人剛生下來，就被活著的祖先選好了墳地，朝向和位置都算過風水，然後蓋上寫了名字的石板，這樣，別的人就沒法再要走這塊墳地。一個人生下來就有了一塊屬於自己的墳地，她怎麼能離開這個地方呢？幼小的我，是無法逃離石頭鎮的。

那時，我七歲，我站在石頭鎮的海邊。我還不知道逃離二字的含義。我也同樣沒有思念這二字的概念。我並不思念我的父母，也不思念我父母的樣子，彷彿他們天生缺失，而我自然而然地降生到了這個世界。我並沒有因爲見不到父母而自卑，相反，我覺得比所有的孩子自由。

實際上，我並不像是在海底生長的一叢紅色珊瑚，我是石頭鎮海邊小巷的一塊石頭。海邊的小巷，堆滿了青色的石塊，我就是那些大石塊縫裏夾著的一塊小石頭，那些小石頭，都被海水清洗過，風浪把它們拋上岸，每天漁民們拖著漁網和海浮子在它們身上經過，漁婦們搬著曬蝦米的圓竹匾從它們身上踩過。那些長年穿著油膠鞋以便防水的人們，也濕漉漉地踩在這些小石頭身上，太陽出來的時候，裹著鹹澀味的石頭開始蒸發，到了中午，石頭鎮海邊小巷的所有石頭都曬成了白色，上面覆蓋著一層鹽。我的籍貫，就是那條瀕臨大海的小巷。我是小巷上的一塊石頭，鹹澀，沉默，不起眼。

那條小巷，從我們祖母的家門口延伸出來，一直通向混濁而咆哮的大海。

那條小巷，叫作倭寇巷。

七歲，每天，每個下午，甚至是每個颱颱風的下午，我癡癡地佇立在倭寇巷的盡頭，大海很少時間是藍色的，大海眞實的顏色是黃色，它就像一面土黃色的旗幟，在風的吹拂中翻滾在我的眼前。我站在海岸邊看大海，一如長年等著丈夫打魚趕海回來的漁婦。我的皮膚被海風吹拂得變成了石頭鎮大海的顏色，連頭髮，眼睛的顏色，連指甲，都成了海岸那片土黃色。我是一個土黃色的小人。完全的土黃色。海，它是我永遠的朋友，我童年最美好的最神秘的事物。我的雙腳每天泡在石頭鎮黃色的海灘上。海水異常苦澀，它又鹹又澀的滋味，伴隨著每一個高大的浪尖，浸入我的細胞。

石頭鎮的印象，全部都開始於那個殘酷的渾黃的海。

海的聲音，海的色彩，海的體積，海的面積，海的四季，海的那隨時吞沒舢板的性格，以及每逢陰曆七月七颱風季裏在海灘上被閻羅王吞噬掉的小孩子，還有那海邊頭戴白色梔子花的婦女的長久哭泣，都佔據了我七歲時幼小的心靈，海令我恐懼和崇拜。

「討海人與閻羅王只隔著三寸船舷板。」

這是我們隔壁的船老大，招娣父親說的話。

石頭鎮的人把出海打魚叫討海，跟大海討飯吃。於是漁民都叫成討海人。

我們家隔壁招娣的父親就是討海人，他有一條船，船上還有夥計，我們都管他叫船老大，船老大的皮膚是黃銅的顏色，船老大是我見過的最勇敢的討海人，他打過一條鯊魚，全鎮的人都喝過他們家裏燉的鯊魚骨頭湯。吃哪兒補哪兒，都說喝了鯊魚骨頭湯，人的骨頭就會變硬，老人小孩就不會斷腿折胳膊。我也喝了一碗鯊魚骨頭湯，可是那根本不是骨頭，那是一種白色的軟軟的東西。不管怎樣，我想我吃了這些軟骨頭，以後的骨頭能硬起來。

船老大老是說那句話。一看見岸邊有撞壞的漁船回來，而且只要我當時在船老大身邊，他就會跟我說：

阿狗啊，你曉得不？討海人與閻羅王只隔著三寸船舨板。阿狗，你曉得不？

海就是一切。石頭鎭只有海，海是唯一的大自然，沒有湖，沒有河，沒有農田，沒有樹林，山丘也快消失了。海水年復一年的侵襲海島的低窪部分，那些巨大的岩石變成了海床的一部分。石頭鎭，就是這些岩石群高出海平面的部分。石頭鎭的人在海島的高處建房子，沿著沒有綠色植被的山坡，用青石塊一級一級的蓋房子，因此，所有的街巷都是順著地勢延伸的陡峭的坡路，這也爲了防止海水的侵襲，但最重要的是爲了防止颱風雨的淤積。

爲了抵抗強颱風，我的祖母像所有的石頭鎭討海人一樣，每年爬上屋頂，在鋪著黑瓦片的屋頂上加石頭塊，我們這些孩子專門去山上搬石頭塊，那種扁平厚重的，不易滾動的石塊。石頭在房頂上越壓越多，只要房子不塌下來，颱風季時房頂就不會被風掀走。

於是，石頭鎮，眞的成了石頭鎮，房子是用島上開山炸岩炸出來的岩石塊砌成的，小巷弄堂也是由石塊鋪成的，屋頂上，也是一塊塊石頭。石頭鎮，無論從地上看，還是在山上看，或者是能飛到天空中看，它都是個由石頭堆成的小鎮子。

土地並沒有泥土，每年因爲颱風引起的長期暴雨，一點一點地沖刷走了石頭鎮的所有土壤，最後，石頭鎮幾乎連塵土都少見了，石頭鎮只剩下了石頭，光滑的長了青苔的石頭。颱風和暴雨帶走了它們能帶走的一切細小微弱的物質，野草的根，植物的種子，牆角的蒲公英花，屋簷下的蜘蛛網，統統被水沖走了，帶不走的，就是那一塊塊大石頭了。所有的可以漂移的東西都被帶走後，只能看見漁婦在街巷裏走來走去，漁婦們撐著油傘，去糧食店買米，或是去買綠豆麵，或是給丈夫打老酒。梔子花，小小的，香氣惱人的白色梔子花，被插在漁婦後腦的髮髻上，在呼呼的颱風中綻開著它們白色的細小花瓣。

爲什麼梔子花，被石頭鎮的颱風和海水帶不走？它那麼細小。

每年颱風帶來的暴雨，將石頭鎮的那些一層的樓房淹沒。暴雨過後，經常能看見不成對的拖鞋，和筷子，以及觀世音的佛像，在我小腿肚之間的水裏漂浮。那白色的觀世音佛像，那媽祖廟裏金色的香爐，這些每日被漁民們膜拜的東西，在颱風季裏，跟我一樣地無助。雨水漫過了我的膝蓋，一切都不再好玩了，恐懼向我襲來，而我終於看見大人們涉水向我走來，我開始哭喊起來，而他們忽然就在水裏發現了那些神龕和香爐，大人們的臉色誠惶誠恐，急忙撈出它們，連同我，都被挾持在他們的胳膊下帶回家。

我不記得石頭鎮有沒有樹了，石頭鎮似乎是個沒有花草樹木的地方，我試圖回憶記憶中石頭鎮的綠色，可是，沒有，我想不起來那些顯而易見的綠色，可能有，那是海灘邊綠色的漁網，蔓延在婦女的梭子邊，它幾乎像一條綠色的長龍橫陳在海灘上，打結的尼龍繩纏纏綿綿地，捲在女人們身邊，女人們一邊織網一邊罵著他們家的死鬼。小孩子們在織網的女人身邊跑來跑去，有時他們討得五分或是一毛錢去海角買了棉花糕吃，尼龍繩總將小孩子們絆倒，可他們並不哭，他們甚至躺在厚厚的漁網上睡覺，就像一條被打撈在網裏的死魚。綠色的漁網在不出海的日子裏也晾曬在漁民家的院子裏，對，院子裏，我終於想起來了，院子裏有著綠色，那就是水仙花。那是在冬天，綠色葉子的水仙花長長的，高高的，種在盛滿泥土的大螺殼裏，對，石頭鎮的水仙花從來都不曾種在水裏，那一個個裝滿泥土的大海螺永遠地擺放在窗口。每一家，在冬天，都有著綠色的水仙花葉和葉子頂端一成串的黃色花朵。一整個冬天，這些水仙花像觀世音菩薩一樣地站在窗口。冬天因爲沒有颱風，太陽曬得多，水仙花葉瘋了似的長，每隔三四天，你就得拿剪刀去剪花葉，一剪就得剪掉三四寸，剪完了似乎長得更凶。可一到了春天，南風天一起，一夜之間，這些氣勢洶洶的水仙花就枯萎了，就像是有人在石頭鎮上空吹了個口哨，「嗶」地一聲，那些黃黃的花瓣齊齊地謝了。我的記憶終於確認，石頭鎮除了漁網和水仙花，再沒有別的綠色。

我在石頭鎮也沒有見過春天。什麼是春天？記憶中的春天，就是颳著潮濕的南風的天氣。潮濕而溫熱的南風，從海面上滲入石頭房子，家家戶戶的牆壁上淌著水，像是在流汗。皮膚一天到晚黏黏的，臉面上是油乎乎的。海面，就像是一大桶的油，一陣陣濕得快要滴水的海風溫柔地撲面而來，這些黏稠的風滴滴答答地纏滿了你的頭髮，你的皮膚，你的每一個毛孔。這種風，就像是蜜蠟，死死地把我們黏在這片土黃色的大海裏，我們逃不掉。這就是石頭鎮的春天。黏稠，陰濕，卻沒有綠色。

就這樣，我七歲，站在海邊，幽長的倭寇巷的盡頭，看著上午的潮汐退去，海邊粗糲堅硬的岩石裸露著，頭戴白色梔子花的漁婦們在海灘邊嘮叨著織網。我分明看見了我的記憶發生了錯誤，石頭鎮是有著綠色的，那些頭戴白色梔子花的漁婦們，她們油亮的抹著生精油的髮髻上，分明有著梔子花的綠葉，圓圓的綠葉，那是綠色的，我記起來了，梔子花在夏天開放，開放在漁民們院子中從破瓦罐裏長出的梔子樹裏，有時，梔子花樹也種在生鏽的尿壺裏，那些尿壺，多半是一直用它的老祖父死了，下輩們改用便桶，不用尿壺了，可尿壺扔了可惜，所以就掀了尿壺蓋當作花盆用了。尿壺扔在每家門口的牆角裏，梔子花的枝幹從尿壺裏硬硬地伸出來。就是那些小梔子樹，構成了石頭鎮春天和夏天的綠色。快到秋天的時候，那些梔子花謝了，它們開始結果，一種黃黃的小果實，漁婦們把這些黃色的小果實摘下來，放在石臼裏，搗爛了做成染料，然後那些愛美的女人們，把她們白色的布衫放進這一盆香氣四溢的染料盆裏，於是，她們有了明黃的布衫。

對，我似乎又想起來了，還有另外一種香氣，從石頭鎮的記憶裏飄了出來。我眞的想起來了，石頭鎮小學裏長在操場邊上的茉莉花。白色的茉莉花，很香，開在小學的小操場上，小操場像是得了茉莉花傳染病似的，從東邊到西邊，白花花的一大片茉莉花樹，一個學期又一個學期，小操場上已經沒法排隊，沒法跳繩，更沒法跑步了，因爲太多的茉莉花樹生了出來，到處都是，白花花的花朵挑在枝頭，連早晨敬禮時小操場插著的紅旗都被擋住看不見了，所有的小學生都抬頭找，那面紅旗到哪兒去了，從這棵茉莉樹的縫隙中，到那棵茉莉樹的枝頭，小學生們手掌抬在右腦勺邊，一邊敬禮一邊找紅旗。短促的國歌早就已經唱完了，可紅旗還沒有找到。紅旗被茉莉樹精吃掉了。到了季末，茉莉香氣太香了，小學生們頭都被薰暈了，他們有的打噴嚏，有的流鼻涕，在茉莉花樹枝下打架摔跤，哭哭嚷嚷的，香氣也跑出了小學校，傳遍了整個石頭鎮，石頭鎮的人民都知道了那種白色的小花，女人們專門拐進小學，走到小操場那兒折一大把茉莉花，拿回家把它們曬乾了，塞在梅雨季的床底下的被褥箱裏。

海，就是用來吃的。我的已經不出海的祖父說，海裏什麼都能吃，海膽，海卵，海參，海蜇，海星，海藻，海帶，連海底的岩石都能吮著吃。我的祖父惡狠狠地說。連海底的岩石都能吮著吃。我學著祖父的樣子，也惡狠狠地說。

記憶又收拾了一遍，重新回到那個起點，那個七歲的我，光著腳站在海灘邊的起點。上午的海潮褪去，黑色的礁石上覆蓋著一層綠色的海苔，礁石下吸附著海蠣子，它的灰黑色的外殼那麼隱蔽，就像是礁石的一個棱角，如果那是一塊下半部分泡在海水裏的大礁石，那你還能在礁石縫隙裏找到一種黑青色的大貝殼，貝殼裏的身體是橙紅色的，我們叫它海紅。有時候，岩石上面還會黏著一種難看的東西，一種叫海卵的光滑的圓球，黃黃的黑黑的，很軟，很滑，如果你刺破了它或是咬了它，海卵會流出一種黃色的黏稠的液體，就像拉肚子時候的大便。

海卵，這種滑溜溜的東西看起來沒有頭，沒有脖頸，沒有腿，也沒有尾巴。它只是一個奇怪的小球，也有人叫它們海雨，一顆一顆，像大海上空下暴雨時能看見的雨滴。

關於海卵，大人們說長得跟男人身上的東西一模一樣，眞的跟男人身上的東西一模一樣嗎？我無從知道。他們經常在說起海卵的時候就禁不住發笑，那種場面裏，他們總是喝著白酒，白酒盛在大碗裏，盛滿了才喝。再有一些鹹花生，然後他們把腿翹到板凳上，開始大聲聊天。

其中的一個說：他娘的！我夜裏睡不著。

另外的一個就說：你夜裏睡不著？睡不著——煮些海卵喝，有勁道啊。

那個睡不著的人就說：要有勁道做啥啊？更睡不著了。

另外的一個就嚷了起來：有勁道，就能跟老婆幹啊！幹完以後就睡得舒服啦！

接著大家噴口大笑起來，又呑下去幾口白酒，鹹花生也快被吃完了。

那時我沒有完全懂得什麼是男人，可是我通過海卵來想像男人，我看著吸附在岩石下的海卵，或是在沙灘裏匍匐著的海卵，我覺得男人的面貌並不可愛。男人幾乎是噁心的。因爲，海卵長得呆頭呆腦，並不是好看的。男人們還把海卵做湯喝，放上薑，煮出來是混濁的像泥漿一樣的湯，大人們說喝這種湯很補，吃哪兒補哪兒。祖母也這麼說，可是祖母從來不做給我喝。我更覺得男人是種骯髒的生物，類似海卵。

石頭鎭的粗糙原始的海，讓我從小就知道海洋是個最爲深重的事物，海洋，它生產了一切，它也吞沒了一切，人們只是在它的岸邊生活，勇敢的漁民們進入它的腹地，有時這些人帶著戰利品回到海岸，有時他們再也不回來，連同他們的船，和從岸邊拖走的漁網，都葬身海底。海洋，它比死亡更可怕。

當下午的潮汐退去後，站在海灘邊的我知道了漁船要回來了。機帆船們成群結隊，我不知道它們是怎麼約好的，還是看太陽在天上的位置來決定歸航的時間的，反正是一整排的漁船齊刷刷地一起歸來，馬達聲突突地響著，整個小鎮都聽得見，馬達的聲音把小鎮上所有待在家裏的人們，那些老人，小孩，婦女們，那些瘸了腿的弓了背的，都引了出來，來到了這個沸騰的海灘。機油，把海灘污染了，在港灣的海面上，機油把海浸成了一圈一圈的五彩色，濃郁的機油味，也進入了魚們的內臟。當馬達聲漸漸安靜下來，可以看見漁船的舢板上，堆了小山一樣銀色的，閃閃發亮的魚和蝦，還有黑色的大貝殼和黑色的海鰻，這時候的漁船跟早晨出去的時候截然不同，這時候的漁船是大肚子的。夕陽照下來，海面上是漁船和船老大的剪影，等待了幾天幾夜的漁婦們激動地喊著自家男人的名字，帶著小孩，奔跑向自家的船隻。每當這時，我就很孤獨，因爲我的父親不在船上，事實上，我從來都不知道他在哪裏，我的母親也不在海灘邊等丈夫的女人隊伍裏，我的祖父只是一個在海岸邊擺攤賣香菸的老人，我的祖母更是石頭鎮以外的外來人。這個海洋，這片海灘，這幅滿載歸來的景象，這幅全家歡躍的圖景，實在是跟我，一個七歲的小孩無關。

凱旋歸來的景象過去後，當海岸靜止，海灘上扔滿魚販子挑揀以後的死蝦死魚時，海面空空的，沒有船隻也沒有等待，只有海風迴旋，這時候，有女人叫喊孩子吃飯的聲音會從小島的高處傳來，「招娣……」，「阿三……」，「定夫……」，「定忠……」，都是我的玩伴。招娣是個四歲的女孩，她母親在她前面一氣生了六個都是女娃，非常著急，所以把她取名叫招娣，招來弟弟，希望她生下一個能生出個男娃。招娣有個姐姐，叫金鳳，是他們家裏的老大，在我眼裏，招娣的這個大姐是全石頭鎮最美麗的姑娘。金鳳很喜歡唱越劇，嘴巴小小的，眞是像顆櫻桃，頭髮很長，長得像戲台上的林妹妹。而招娣自己，卻像我一樣，性格粗野，又黑又黃，長得不討人喜歡，鼻涕擦亮了每一件衣服的衣袖，是人都會嫌惡的一類毛頭。阿三呢，是個右腮幫增大的八歲女孩，在她六歲的時候，在山腳下吃了一種不知道是什麼的野果子，當天發了燒，連呼帶喘的，退燒後，就變得左右腮腺不一般大，她的家裏人帶她去了鎮衛生所，針直接打在右臉上，腮幫仍然沒有下去。本來很好看的阿三就因爲忽然變大的右腮幫變得不好看。我，阿三，和招娣都是那種不討人喜歡的小孩，定夫和定忠據祖母說是我的兩個侄子，可是定夫和定忠一個九歲一個十歲，都比我大，不知道爲什麼叫我舅媽，我是他們七歲的舅媽。可祖母堅持從輩分和家譜上算，他們就是我的侄子。他們倆很野，差不多在三四歲的時候就能泡在海裏，也會潛進水裏抓跳跳魚，定夫和定忠其實從來沒有帶過我玩，他們覺得我這個舅媽很怪，也覺得我是石頭鎭的異類，因爲我沒有父母，我就像是從石頭鎭倭寇巷的石頭裏蹦出來的一樣。就像孫悟空從岩石裏蹦出來一樣。

在這些呼喚自家小孩的長長的尾音中，也有我祖母的喊聲：阿狗，阿狗啊，轉窩裏咀飯啊——

祖母喊我的聲音淒厲和悠長，像是個長長的唿哨，在小島的山嶴和大海的海角之間撞了個迂迴，回聲四起，像一張網一樣籠罩下來，我在哪兒都是逃不開這張網的，等回聲全部落下，我才慢騰騰地從某個海角或是一塊大礁石後面鑽了出來，看著太陽落入金黃的海，整個海燃燒了起來，紅彤彤的，但很快地，就熄滅了，天和海都變成灰色。我赤著腳爬上岸來，離開了一天之中最爲潦倒最爲寂寞的海，向祖母回音。

我知道爬上陸地，穿過倭寇巷，在一間小石頭樓的八仙桌上，那兒擺著我三頓飯的番薯粥和醃蟹醬。

3

夏天，整個北京像是只烤熟了的番茄，任何東西都不可觸摸，一摸就會流出火紅的汁液來。還有北京的聲音，出租車司機互相叫罵的是聲音，大甩賣的聲音，「一律十元」的聲音，「晚報晚報」的聲音，自行車鈴叮噹不停的是聲音，各種分貝，都使得溫度逐漸上升，使這個城市變成一只無法散熱的烤箱。

我早早地下班來，朱子正躺在床上看書，一動不動，一絲不掛，像一尊躺倒的佛像，似乎不敢做任何體能的消耗。我脫了黏在身上的衣服，也躺了下來，窗戶緊閉著，空調在頭頂工作，很冷，我感覺我身上的汗在朱子的背脊上慢慢地蒸發。室溫降到了十二度，是冬天的溫度，可我們兀自讓空調呼呼地吹著冷風，冒著冷凝的白煙，懶得起來去關空調，同樣，我們也懶得去溫暖彼此慢慢退去熱度的身體，我們的手互相握著，看著天花板，彷彿看著我們頭頂二十五層大樓上映的電視連續劇，我們沉默著，眼睛來回掃過房間裏那幾件靜默的家具。

窗台邊，綠色的金魚缸裏沒有金魚也沒有水，窗台下，一張用圓珠筆畫了圍棋線路的舊桌子，一把藤線快掙斷了的藤椅。桌上面放了一台舊電腦，一盞樣子並不新穎的檯燈，和一些朱子前幾份工作用過的工具書，至於書關於什麼內容，我並不熱心，就像我從不關心朱子的以前一樣。兩個衣櫃，是我們從舊貨市場買回的。此外，我們有一個老牡丹牌的電視機，電視邊上堆著幾個錄像店裏用來租售的片子，看完以後我會偷偷地帶回到店裏。床在我們的身體下，是直接放在地上的床墊。人們都說快三十的人不應該還睡地上，應該有張合適的床。也許我們是得買張像模像樣的床，可一想到連房子都是租來的，買床又何必呢。

房間裏唯一的亮色，就是那匹紅色的窗簾布了，火紅色，我們想像那是太陽的顏色，用來彌補這個房間一天中早晨四十五分鐘，黃昏四十五分鐘的微弱短暫的斜射光。想在這個房間裏親眼趕上太陽光是不容易的，早上，等我們醒來時，已經錯過了太陽，黃昏，當我們回到家時，匆匆忙忙打開門，放下食物，走到窗邊，陽光已經在前一秒鐘移走了。

這個臥室兼客廳的房間（雖然我們從來沒有客人），以及這個房間相鄰的廁所和廚房，還有一個小小的門廳，總體看起來，是老的。那種沒有過去也沒有記憶的老。是那種空洞洞的老。是那種不可能前進的老。這個房間裏唯一的活力，是我們倆的身體。

沒有什麼東西是可以抓住的。唯一能抓住的，是男人的身體，是朱子的身體。

此刻，我的熱度又慢慢湧起，我繾綣地翻過身去，撫摩朱子的裸體。

我又開始潮濕。

我輕輕地把他的手翻了過來，放進我的陰部。

「好熱。」朱子說：「你的體溫總是比我的熱。」

「對，我是熱帶。」

「唔，熱帶。那我是溫帶。」

「對，你永遠也燒不起來。」

感覺一種東西像溫泉的水一樣襲來，我說：「你知道熱帶和溫帶的區別嗎？」

「熱帶和溫帶？隔著一個亞熱帶啊。」

「不對。區別是，溫帶不下雨。熱帶老下雨。」

「老下雨，所以潮濕。」說這話時，朱子的手指在我體內感覺到了潮濕。

我們都同時輕聲地笑了起來。

我們的眼前，牆壁上巨幅的希臘電影《尤里西斯生命之旅》的海報，哈維・凱托的眼睛日日夜夜注視著我們，那幅海報，是我從錄像店裏偷偷拿回來的，除了一個戴眼鏡的滿臉憂傷的中年男子租過這部片子，沒有什麼人租這部電影。

在這個四周被高樓圍困的房間裏，在這張跟地下室只隔著一層石灰的床墊上，當我跟朱子的身體縈繞在一起的時候，總感覺海報上那個男人審視著我們，陰鬱而冷酷，一如一個無語的父親審視著他的女兒和女兒的男人。這張恍如父親的海報，令我時刻感到羞愧。

「你眞是個沼澤地。」朱子說：「我陷在裏面，走不出來了。」

我感覺他的手指在我的身體內輕輕移動。

我說：「是中指，對嗎？」

「唔，你怎麼知道的？」朱子驚奇地說。

「我能感覺它的長度。」

「你愛我的中指勝過愛我呢？」

我笑了。

朱子坐起來，摸索著找到一包菸，找了一個打火機。他深深地吸了一口菸。

房間裏非常地安靜。我看著他抽菸。溫帶男人確實是一副不同於熱帶女人的樣子，更多的時候，朱子是一種乾冷的狀態。

「我喜歡你抽菸的樣子。」

「還喜歡我什麼？」

「你安靜時候的樣子。」

「還有呢？」

「玩飛盤的樣子。」

他聽著，臉上有一種輕輕的憂傷。

「嗯，你喜歡我的中指，喜歡我安靜的樣子，喜歡我玩飛盤，可那都不是我，那些只是我的延伸，那些都不是眞的我。」

「那眞的你是什麼？」

「我，」朱子想了想：「我也不知道。」

「你總得知道你是什麼吧。英雄，小人，君子，平庸之輩，老實人，癡情人，失敗者，你是哪一種？」

朱子看著我，吐出一口煙：「你眞是看電影看多了的姑娘。」

「我在錄像店工作啊，不看也不行啊。」

「有時候我覺得你跟我說的都是電影裏頭的話。」

我不再回答。

也許是我們的日常生活太鬱悶了，朱子著魔上了玩飛盤，那種扁平的，在空中忽悠忽悠飛來飛去的白色塑料飛盤。他能用各種姿勢來控制他的飛盤。在投擲法中，他用反手投，正手投，拇指推投，揚手投等方式，在接盤中，他熟練掌握上手接，夾接，和低手接的要領，他還自己創造那些叫不出名的奇特手法來接飛盤和擲飛盤。只要他開始玩起飛盤，他永遠也不會讓飛盤落地，他喜歡死了這項運動，有時他竟然能一個人玩飛盤，選一塊草地或者是一塊頭頂開闊的水泥地，他站在原地，腳不動，以一種三百六十度旋拋的方式讓飛盤在天空轉夠一周，最後穩穩地落回自己手中。朱子說他喜歡飛盤飛翔卻又在人的控制中那種感覺。飛盤自由而安全，飛盤瀟灑而和平，這是朱子喜歡飛盤的理由。

我想朱子甚至渴望自己是一只飛盤。每天他看著那麼多人從電梯進入他的頭頂，別人們的生活場景徐徐往上升起，而他只是無奈地停留在一樓，朱子要是相信來世，他肯定希望來世能做一只飛盤。

朱子不是個抱怨生活的人，但他唯一的抱怨就是奧林匹克沒有飛盤比賽，亞運會也沒有飛盤比賽，這使得他失去了做世界冠軍的人生。他最憎恨的事情是有一些人（一些他認爲的運動狹隘主義者）認爲飛盤只是一種兒童的玩具，不拿飛盤當回事，而朱子認爲飛盤運動是最適合全民運動的。對，全民運動，無論在哪兒，在哪國，富裕或者貧窮，男人或者女人，體重膘肥者或是身輕如燕者，都能通過這項質樸的運動提高人體的速度，判斷力，控制力，敏感度，想像力，預測能力，最終到達自由的境地。

朱子在這個城市創造了一套飛盤規則，類似於美式足球，上肢和速度決定了防守進攻打鬥越線，但雙方只能是七名隊員，而且傳盤不得觸地。他也組織了這個城市幾年以來的飛盤比賽，他把各種職業各個國家各類性格的人們聚集起來在草地上玩飛盤，並嚴格執行他所創建的比賽規則。那些飛盤愛好者們也把他們的周末奉獻出來，投入這場美麗而飛旋的運動。朱子，這個安靜地躺在我身邊的男人，堅信總有一天奧運會將把飛盤運動列入正式比賽。而那時候，如果他還年輕，他必將是冠軍，如果他已經老了，那他就是這項國際比賽的元老。朱子，簡直就是飛盤大王。不，是大師。

可是，問題是，當朱子把飛盤拋向我的時候，我永遠也接不住飛盤。我想我們的關係，是沒有什麼希望的。

就這樣，沉默地躺在床上，我們在夏日的空調裏蓋上了被子，天空漸漸黑了，我們的手相互握著，一動不動。後來，朱子似乎睡著了，朱子在睡眠中放開了我的手，我們的身體分開了。朱子的世界慢慢離我遠去，他的思緒已經無可捉摸，也許進入了一個飛盤的世界，那兒有綠色草地和藍色天空，那是一個上帝的後花園，而我又回復到孤單一人的狀態。我躺著，身體和精神同時都離開了朱子，石頭鎮的大海，石頭鎮的小巷，石頭鎮的那些人：祖父、祖母、招娣、來娣、船老大、啞巴、莫老師、老瘸海生，還有那些已經忘卻的面孔，漸漸凸顯在我眼前。

4

我祖母和祖父的家在石頭鎮倭寇巷十三號。那是臨街的一幢三層小石樓。其實，那個門牌號是我長大後鎮裏的公家人用鐵牌子鑲上去的。那應該是在我十三歲前後，鎮郵電所的人很煩惱，鎮郵電所原來只有一個人，那個人管收發所有鎮上的信，那個人很老，石頭鎮東南西北哪家哪戶都能閉著眼喊出姓名來，可這個人後來死了，是老死的，新接替他的有兩個年輕的人，因為鎮上的街巷都沒有規定的名字，兩個年輕的都不太熟門門道道，所以總有一半的信投不到準確地址。後來兩個年輕的跟鎮政府商量，鎮政府的人決定給石頭鎮的每一條巷子一個名字，給每一個家一個門牌號，於是，鎮政府找了鎮上的很多老人開大會，還找了一些教書匠，大家一起開會商量那些街巷應該有什麼名字，這樣，戚家街，倭寇巷，紡花巷，水窪巷，狗鰻巷，這些名字就被公家人用紅毛筆寫在街頭巷尾的石板上了。這些名字，聽說都是有故事的，都是跟抗倭寇，打海盜，還跟石頭鎮的由來有關係的。

這樣，我祖父祖母家從倭寇巷東頭數起，剛好是第十三家，從此就有了門牌號。可在我小時侯的記憶裏，鎮上的人一提起祖父的房子，都會說，那一家，賣魚橋東頭不討海的那一家。

石頭鎮沒有幾家不是討海人的。

是的，我們家不討海。

我祖父不討海了，他老得只能賣點菸抽點菸，我祖母每天下午等第一班漁船回來的時候去岩灘邊買八分錢一斤的剛打上來的海鯽板，大拇指那麼大的海鯽板，有時還有剝了皮做蝦米的小蝦。這些海貨只要一打上岸就死了，所以很便宜，幾乎是白送，我祖母很窮，可是她願意買點小魚給我吃。我祖父不太窮。他們的錢是分開藏的。

面朝街巷的房子，一樓大都是賣米麵賣老酒，或是開了燙頭髮的小店，前屋做小買賣，後屋養豬，樓上才用來住人。而我們家的一樓，卻沒有做買賣。因爲我們家沒有青壯年，沒有當家人，我沒有父母。

家的牆壁，跟別人家的一模一樣，是由青色的石頭塊壘成的，青石塊的每塊大小都不一樣，形狀也有方有圓，卻是一塊一塊壘得嚴絲合縫。那些石頭都是從附近的石板岩山上扛下來的，那座山，陡峭突兀地挺在海的北邊，像是面石斧子插在海岸邊。那座山上什麼都沒有，說是山，還不如說是一塊巨大的岩石，外地逃荒來的不討海的男人，就幹炸岩石的活，炸藥是土製的，很多人炸岩石時炸死了，他們跟討海人一樣，也是不安生的命，但炸岩人賺到一些錢就離開了石頭鎮，回老家去過安生日子。

我們家的樓上，祖父房間裏有個石窗，石窗是在牆壁上鑿出來的，很小，能看見海面。就像石頭鎮所有的房子一樣，祖父祖母家的房子也像個狹窄的碉堡，細長，結實，小窗，大人說這樣蓋房子能防海盜，也能打倭寇。我們這幢房子有年頭了，打海的曾祖父蓋起的這幢面朝大海的房子，可是他們的後代都不打魚了，我的祖父，我的父親，還有我這個無法上船的丫頭，都紛紛地背棄了海。我們是石頭鎮上最沒有骨氣的孬種，我們不打魚卻靠海活著。也許祖父說得對，活著不易，安生最重要。打魚，一輩子安不了生。

祖父經常在吃飯的時候，端著一個有湯有飯的碗站在小石窗前看遠處的大海，窗口雖像個洞眼，卻透進來很大的海風。祖父長時間的看著翻滾的大海，就像是看著別人家的大海。

祖父與祖母之間是仇恨的。

在這幢古老的小石頭樓裏，祖母和祖父幾十年都不住在一起，自從年輕時候他們曾經同房，生下父親以後，他們幾乎沒有再同過房，也幾乎沒再怎麼說過話。祖母是祖父家的童養媳，聽招娣的母親說，祖母很小的時候就來祖父家幹活了，祖母來自幾百里地之外的一個小山坳，那個山坳裏除了四五棵棗樹，一片番薯地，和幾片土坯房，什麼都沒有。我曾經跟隨祖母回過她的娘家，印證了招娣媽的述說，確實，與那個只種番薯的小山坳相比，石頭鎮簡直就是天堂。我的祖母，在她十二歲的時候帶了一個小包袱離開那個小山坳，向著東邊徒步走了三天三夜，第四天黃昏的時候她終於走到了石頭鎮的山腳，魚腥味越來越重地飄蕩在山頭，翻過最後一片山丘，轉過最後一個山頭，她看到了她腳底下被夕陽照耀得金燦燦的大海，和岸邊漁船上剛拖下來的漁網裏的銀燦燦的魚，她開始相信這輩子她再也不會挨餓。於是，她帶著娘家人的欣慰走進了祖父家。然而，祖父打了幾年魚，碰到幾次的大颱風，折斷了帆篷，撞破了船頭，殘船擱淺在岸灘上，一擱就是好幾年。後來，他把殘船賣給了鎮上找事做的青年，決定安生地過悠閒的日子，因此，祖母並沒有過上理想中的漁婦的生活。於是，祖父擺小攤，賣香菸老酒醋和火柴，勉強能養活一銀兩嫁妝都沒有的祖母。

可是，祖父看不上祖母，打從祖母是童養媳起，到祖母長成成年人，到祖母十八歲生下我父親，再到父親一走不回，再到祖母老到頭髮白了牙齒掉光了的時候，他從來都不喜歡祖母，我不知道祖父爲什麼不喜歡祖母，或者祖父他還有別的故事，比如他是否喜歡上漁鎭上某個女人，我同樣不得而知。他們的心事就像一萬米深處的海洋，黏稠，死寂，寒冷，封凍。祖母長年來都是不說話的，祖父也不說話，三層小樓長久以來沉默而黯淡，兩個人在樓梯之間擦肩而過，只聽得見門軸開來關去的聲音，門軸的聲音是寂寞的，不快樂的。在我記憶中，祖父和祖母倆只生活在自己那麼一丁點的內心裏，從來不交流。不交流，帶來了誤解猜疑和嫉恨，日積月累，兩個人在內心的壁壘裏頭積下一種長久的仇恨。

七歲的我，是兩個老人之間的一根紐帶。我被他們的手臂扯來扯去，可他們並不知道，我不站在任何一方，我不親近兩個老人中的任何一個。我甚至連中立的立場都沒有。我就像是那片大海，想著自己的心事，一會兒來到人們的眼前，一會兒又退向世界的盡頭，每天只生活在自身的潮汐裏。

家的一樓是鍋灶間，灶火是用風箱拉的。梁上掛下來一條鰻魚乾，但是祖母捨不得吃，所以風乾了的鰻魚鯗長年掛在那兒，幾乎成了個鰻魚標本。灶邊是一個盛水的大水缸，水缸上扣著半個舀水用的南瓜瓢，水缸後頭是一個拉風箱的鍋灶，沿牆的碗櫃前站著一個觀世音菩薩和一個媽祖，祂們都是白色搪瓷小像。門口是一張老舊的吃飯用的八仙桌和兩條瘦瘦的長凳。八仙桌上，永遠擺著一瓶很鹹的蝦醬，蝦醬瓶裏總是塡滿了又紅又鹹的蝦醬。似乎幾十年來都吃不完這罐蝦醬。八仙桌的八個角對我們來說太多了，每日只有我跟祖母兩個人在桌上吃飯。此外，一樓沒有什麼寶貝了，它只是祖母跟別的老女人們聊天會面的場所。由一架陡峭的木樓梯直直地通向二樓，祖母住在二樓，祖父住在三樓，在二樓和三樓的拐角處分別放著兩個紅漆馬桶。祖母和祖父倆各自用自己的馬桶。祖父的馬桶是祖上傳下來的，紅漆褪盡，已經是木頭的本色了，馬桶上方有一個高高的拱形提手。祖母的馬桶則是他們倆結婚時買的嫁妝，紅色油漆的「喜」仍然印在桶壁上，連用來架扁擔的手柄上都還留著紅漆。以兩個馬桶爲生活的分界點，祖母自己在樓下燒火做飯，祖父自己在三樓用煤油爐做飯。祖母牙齒掉光了，嚼不動東西，更不能殺生吃肉，所以做什麼都是很稀，每一頓飯都是湯湯糊糊。她沒祖父有錢，她做的常常是番薯粥，芋頭粥，澱粉糊，鹹魚粥，過節的時候會做一個地瓜粉煮魚丸，這是最豐盛的一道飯了，糊里糊塗的地瓜粉湯裏會放一丁點的碎豬肉塊，和仍然有刺的魚丸，祖母會把肉塊挑出來給我吃，很少能吃到肉的我每逢這時便竭盡全力，一口氣能喝三四碗，喝完以後肚子脹得滾圓，走起路來很痛，每走一步都有輕微的響聲，每抬腿一步都很艱難，很害怕肚子不小心「砰」地一聲爆炸了。但不過節的通常情況下，沒什麼好吃的，總是喝粥就蝦醬，螃蟹醬或是鹹魚鮝，每隔一天就這麼換著吃。螃蟹醬，就是把生螃蟹剁碎了泡在鹽和老酒裏，過了三天後撈出來吮吸。至於鹹魚鯗，鹹得連魚眼睛都能喝兩碗粥，總是喝了一大碗粥還吃不進一塊鹹到死的魚鯗。

就這麼著，我端著粥稀里嘩啦喝的時候，常常被街上回來的祖父看見，祖父看一眼我碗裏的粥，不說話，也不看祖母，徑直上了樓，幾分鐘之後，樓上有炒菜的聲音，繼而有菜香飄來，然後就聽見祖父在樓上喊我，阿狗，阿狗的，見我不答應他又喊珊紅，珊紅的，我已經喝完那碗粥，看一眼祖母，祖母假裝沒聽見祖父的喊聲，也假裝背過身去刷鍋，我知道祖母想讓我上樓，於是我就撅著肚子上了三樓，吃祖父的好飯。祖父的飯菜裏永遠有肉吃，有時還做鰻魚鯗，很鮮。要不然他就做一鍋豬肉飯，拌上醬油吃起來很香。我總是吃得很多，我就像一個天生的難民，一個土黃色的難民，前世是餓死鬼後世要吃雙倍，因爲我幾乎每一頓都分別在祖母和祖父兩邊吃兩次，所以肚子老是脹著，像南瓜一樣滾圓。我跟祖父吃飯的時候，我們倆也不說話，像往常他不跟祖母說話一樣。房間裏靜悄悄的，只聽得見嘴巴裏嚼飯的聲音，祖母在樓下敲木魚的聲音。

可是，每一頓要在兩個老人的灶邊吃兩次的我，仍然在想，祖父爲什麼不喜歡祖母？或者說，祖母爲什麼失寵？

長大以後，我逐漸從石頭鎭的老人嘴裏聽說了關於祖父祖母反目爲仇的故事，他們說主要是祖母的罪過，主要是祖母不會做人。可是其實我發現，祖母最主要的過錯是她不是石頭鎭的人。

據說十二歲的祖母第一天到達夫家的時候，就遭到了白眼。那一天，祖母在二樓的高腳筒裏洗去幾天幾夜以來長途跋涉的灰塵，夫家爲她準備了吃食，當然，這一天是她來到石頭鎭的今生中，唯一的一次別人爲她做飯的一天，八仙桌上自然有各種剛打上來的魚，短的有海鯽板，長的有帶魚，還有蟶子，祖母在山坳裏長大，沒見過蟶子，不敢吃，因此她就吃了魚。然而她萬萬想不到吃魚在石頭鎭是最有講究的，因爲這兒的祖祖輩輩都是船老大，他們以船爲家，以海爲生，魚成爲一切禍福危安的象徵。可是，那天，童養媳的祖母，跟大她十多歲的祖父，還有她的公公婆婆，一起吃完了魚的正面，祖母看看那一乾二淨的魚刺，她竟然就自作主張地用筷子把魚翻了過來，這下，一輩子做船老大的曾祖父急了，婆婆也急了，剛出了幾次海體驗到海上險惡的祖父更急了，漁民講究吃魚不翻身，否則出海會翻船，要是吃魚的背面，必須用筷子從魚身下掏著吃。而山坳裏來的童養媳實在是不懂規矩，犯了大忌，竟然當著兩個漁民的面翻魚，一桌的臉色馬上就陰沉了下來，要不是初來乍到的，祖母早就被罵下桌子去了，這回夫家心裏記著狠，沒有當面打罵祖母。可是，一桌飯下來，漁民的規矩多著呢，比如吃魚不能挖魚眼吃，因爲漁民把漁船漆成一條大魚的樣子，船身上有紅色的船眼，藍色的船頭，黑白兩色的船身，也有黃色的船尾，紅顏色的船眼就是漁民用來捕魚的眼，要是挖了船眼，船就瞎了，打不著魚不說還會觸礁。可那一天，祖母一頓飯偏偏是犯了漁民所有的天規，翻了魚身後，她覺察到夫家忽然而來的惱怒，因此不敢再吃魚肉，善良的她扒了幾口米飯，便開始用筷子挖了魚眼，把魚眼吃了下去，這下，曾祖父在飯桌上忍無可忍，當場喝令十二歲的童養媳去灶間吃飯，婆婆也一拍筷子，起身離去，祖父看到這局面，聘禮是退不回來了，童養媳的休也休不掉了，從此便不再理祖母。

自那以後，祖母便被驅除出了八仙桌，她只是生活在灶間，燒火做飯，扛馬桶剝蝦米，撣灰塵搗魚丸，可她的隱忍是無法消解海上的險惡的，大海無常，曾祖父和祖父一在海上遇到事故，便怪罪於祖母。

但是，祖母也是一天天逐漸地與祖父結怨的，我不知道祖母是否愛過祖父？從她十二歲來到夫家起，她是否愛過什麼人？隔壁一個幫她拎水的青年？或是鎮上一個賣魚的商販？這一切都無從得知。或者說，「愛」這個字在她那兒轉換成另外兩個詞，就是怕與不怕。我知道，祖母是怕祖父的。一直，永遠，直到死。在她進入陰間，如果與陰間的祖父相遇時，我相信，她仍然是怕祖父的。十二歲來到石頭鎮，在她越來越瞭解漁鎮的規矩後，或者說，在她終於掌握了漁鎮的風俗習慣以及禁忌後，她已來不及讓祖父喜歡了。在她成年之前，她做了很多錯事，比如，她把洗完碗瓢的涮鍋水倒在門前的街道上，這是無可非議的，居民們都是將水潑在門前街巷的石頭上的，石頭縫很大，髒水很快就滲進石頭裏去了，可是，偏偏有一天，祖母把涮鍋水倒在一個路過的漁民身上了，漁民沾了一身濕運，破口大罵，說這輩子不能再出海，否則絕對碰上大風浪，船要翻，那個漁民站在倭寇巷上重複著那幾句倒楣話，這下引來很多看客，三層小樓正好是小鎮的當街位置，也是倭寇巷的中間地帶，這下街頭巷尾的人全聽見吵鬧了，連那漁民的老婆都不出半分鐘地從另外一條巷子跑了過來，漁民老婆更迷信，她撥開人群，一把揪住祖母就罵起祖宗三代來，觀望的人群先是替被潑了水的漁民憤憤不平，圍在房子前說東道西，可漸漸地覺得索然無味，開始各忙各的。這時祖父剛好從集市回來，被人群堵在了家門口，見此狀況，不禁羞辱萬分，當著大家夥的面，祖父操起門口的笤帚，劈頭蓋臉地打了祖母一頓，大家這才解恨，爲了使那倒了八輩子楣的漁民和漁民的女人走開，祖父不得不從裏屋拿了一瓶白酒一包好菸，算是道歉和補償，這才了事。

我想那是一次祖父當著全鎮人的面毆打祖母，祖母因此不再言語，她將一種仇恨埋藏在心底，可似乎她的敵人不是祖父，而是整個石頭鎮，以後她做什麼事都是偷偷摸摸的，戰戰兢兢的，生怕犯錯。而她的低眉順眼和不善言辭，更使得祖父厭惡。

有時我想，祖母丟盡顏面後，與其說恨祖父和祖父家的公婆公公，還不如說祖母恨石頭鎮的傳統。因爲祖母所做的一切都在石頭鎮的傳統之外，而且我想祖母在與祖父的夫妻關係裏的失敗，還不如說祖母是與石頭鎮關係的失敗。在這個石頭鎮，她是外鄉人，她不屬於這個大海，正如她每次站在沙灘邊，沙灘上充滿了每日織漁網等漁船歸來的漁婦，而祖母站在海浪中，她幾乎與這個大海無關，她找不到她的船，她的戰利品，歸航的船板上沒有她要等待的男人，她被石頭鎮的漁婦們剔除在集體之外，她也讓漁業組的船老大們躲之不及。男人和歸航，海上的颱風和媽祖廟的香火，都與她無關。石頭鎮，石頭鎮的大海，成爲她今生的宿怨。

我遠遠地打量祖母與祖父的關係，我遠遠地打量祖母與石頭鎮的關係，我試圖去發現終生沉默的祖母的情感，我試圖從祖母的情感中看清自己對石頭鎮的情感，可最終，我覺得我自己對石頭鎮的情感更難以言盡。

5

從祖父和祖母的世界中退出來，回到我自己那個不爲人察覺的秘密小世界。那個世界是我的黑夜。吃完每一頓飯，我就進入了那個啞巴男人所控制的可怕的地獄。

啞巴就住在倭寇巷的鄰巷。

倭寇巷是石頭鎭旁巷最多的一條巷子，就是說一條倭寇巷又向四面八方延伸，產生了無數條以倭寇巷爲連接點的小巷。倭寇巷就像是一張漁網，把這些彎彎曲曲的小旁巷聚攏起來，拉往海灘，通向大海。但啞巴到底是住在倭寇巷附近的哪一間房子，我卻不知道。

啞巴一點都不老，頭髮短而黑，正値壯年，他不穿漁民穿的對襟衫，和大籠褲，他穿中山裝。長年到頭，他穿一件很正式的灰色中山裝。啞巴是個不討海的人，石頭鎭不討海的男人都是怪人。爲什麼不討海呢？不是老得出不了海了，就是腿折了不聽使喚了，或是天生殘疾，或是長年得肺病的。啞巴不討海，也許因爲他是啞巴。啞巴不做手勢的時候，外表跟正常人沒什麼兩樣，可是當我試圖回憶起啞巴男人的時候，卻發現他的面容透露出一種深藏的猥瑣和壓抑，而且，當他極力用手語表達思想的時候，他的手背上露出一顆巨大的黑痣，那顆黑痣，似乎具有一種邪惡的控制力。我不知道他爲什麼變成了啞巴，是吃了不好的東西，還是小時候發了一次大燒從此變成了啞巴，反正在我七歲時看到他，他就是個啞巴。他也許是天生的啞巴，就像我是個天生的棄兒，一出生就被難產的母親遺棄在了石頭鎮岸邊的船上一樣。

從七歲那年開始，啞巴構成了我對這個世界的男人最初的恐懼。

不知道爲什麼，啞巴總跟蹤我，不知道爲什麼，啞巴總在我經過的地方出現。也許啞巴知道我是石頭鎮上唯一沒有父母的野孩子，或許啞巴更知道祖父祖母反目爲仇的事，並知曉我是那麼膽怯無助，那麼不會反抗。啞巴不去海邊，也不去漁業冷凍廠，他是鎮上少數跟海無關的人之一，啞巴常在小巷前的炸糕攤前和棉花糖攤前轉悠，那是我們小孩子們天天要去的地方，可他光轉悠不買棉花糖也不買炸糕。他還去海角的大會堂。那個大會堂以前是民兵開會用的，現在民兵沒什麼任務了，沒有什麼仗要防禦的，所以經常放電影，漁民們不喜歡開會，似乎也沒什麼會可開的，所以大會堂變成了個電影院，有時候也會有演戲，但那大都是外頭來的大戲，比如有唱林妹妹的，有唱過幾次《碧玉簪》的，也有唱過白娘娘，水漫金山什麼的，那是我最愛去的地方。

我愛去大會堂看電影，可啞巴也愛去大會堂。

穿過長長的一線天似的倭寇巷，就到了小鎮盡頭的大會堂。倭寇巷是那麼地狹窄曲折，走一個人時都得閃著點兩旁的石牆，而走兩個人時，就只能是各自側身了。挑夫時常經過，挑一根扁擔必須算好了角度才能轉彎抹角。小巷的青石板路永遠潮濕，上面灑著來自大海的鹽水，還有水桶裏不小心潑出來的從後山的井裏挑來的淡水，青石板的縫隙裏落著小蝦米和死魚，小巷不平，高高低低，像是海底龍宮的地面。

轉過一個巷角，又轉過一個巷角，在某個無從預測的巷角，我會碰見啞巴。在記憶中最初的幾秒鐘裏，啞巴總會向我微笑，他看起來並不是一個危險的事物，他向我打手勢示意，我從來沒有弄懂他手勢的意思。他就這樣先是笑笑地，可是，一旦小巷裏不再有人出現的時候，他漸漸變得猥瑣和令人恐懼，他要跟我去同一個方向。我裝作他並不存在，我繼續沿著巷子走，可我的腳步明明白白地是在逃，他在後面緊跟著我，一直跟著七歲的我，走到倭寇巷的盡頭，那兒房屋消失了，大海呈現在眼前，他跟著我走到建在海角高坡上的大會堂。大會堂裏通常已經開始放電影，裏頭漆黑一片，這時我逃到哪兒去呢？查票的人就站在黑布簾子口，我沒有票，我只有一頭扎進女廁所。過了會兒，我假裝剛從廁所出來，逃過門口打著手電筒的查票員，我想我應該是甩掉了跟蹤我的啞巴了，我就趁著黑坐在前排的某個位置上，電影自然是我看過很多遍的，不是《孟麗君》

就是《梅花巾》要不然就是《五女拜壽》，可不消幾分鐘，就會見啞巴的黑影子向我這一排的座位摸過來，最後，他坐到我身邊，我開始害怕，可是我什麼都不敢做，不敢叫喊，不敢逃走，甚至都不敢哭出聲來，我只看見啞巴把手伸過來，他拉下我的鬆緊帶褲子，捏我的下身。有時他隔著我的褲子一直摸我，捏我，他的長著巨大黑痣的手，就像是一把巨大的老虎鉗子，牢牢地鉗住了我的身體。七歲的我，只知道一種深重的恥辱。恥辱，是我從啞巴那兒得來的一種情感。整個世界只存在恥辱。我在黑暗中害怕到極點，可是我不知道反抗，任何的尖叫或是逃逸都被「恥辱」這個強大的內心的閻羅王所收走了。我在極度的恥辱感中忍受著啞巴那隻伸進我褲襠的手，手指的一絲一毫的運動，一切罪惡都在無聲和黑暗中進行，只有銀幕上的孟麗君在笑，在唱歌，在說話，在哭喊。

從放電影的大會堂裏逃離出來，七歲的我，懷著深刻的恥辱，跑向海灘，或是跑到人群密集的地方。當我跑到海岸邊，海灘上的漁婦們如果還在，啞巴就不再靠近我，他神色鎮靜，就像心裏沒有一點心思一樣，悠閒地背著他的雙手，不一會兒就消失了，我想，可能是他回家吃飯了，我安全了，啞巴今天還會出門嗎？然而，一旦我出現在炸糕攤前，棉花糖攤前，糧店前，甚至是長滿了茉莉花的小學校門口前（那時我還沒有開始念小學），啞巴就會像幽靈一樣出現，向我靠攏。從七歲開始，多年以來，在人少的地方，或是在黑暗的大會堂，錄像廳，或是在夜晚，啞巴用他絕對權力的胳膊拽住我弱小的身體，把手放進我疼痛的下身，似乎我的下身，我的褲襠上的那塊地方，是他生活唯一的目的，而我獲得自由的唯一途徑，就是他立刻死去。

啞巴什麼也不做，不喝白酒，不打女人，但他卻是個魔鬼。他的兩隻耳朵像是順風耳，對我走過倭寇巷上的腳步聲，隔了三層地板都聽得見。

一天下午，我又進去鎮越劇團的院子，那個院子用水泥澆出一塊空地來，不下雨的時候花旦和小生會在那兒唱戲，排練。我常常跑到這兒來是因爲越劇團的道具倉庫有很多寶貝，我想偷那條白色的鑲著花邊的長水袖，還有那錫箔紙包的假大刀，特別是那頂薛寶釵跟賈寶玉結婚時戴的鑲滿了珍珠的鳳冠，越劇團裏的所有東西都是好看的，還有那些人，唱花旦的那些女孩。那天下午，當我進去越劇團的時候，院子裏空蕩蕩的，沒什麼人，演員們可能去別的地方搭戲班子唱戲了，這正好，我可以偷偷溜進他們的道具倉庫裏，去偷我喜歡的那頂薛寶釵的珍珠鳳冠。當我爬進道具庫的時候，發現裏頭空空如也，平時掛著的一長排的帶水袖的袍子都不見了，還有那些假大刀，紅纓槍，也都被戲班子帶走了，我發著愣，在幽暗的倉庫裏轉來轉去，房頂漏下來的陽光讓我看見倉庫裏飄著沸騰的灰塵。這一束束沸騰的灰塵，忽然讓我喘不過氣來，我轉身要逃！可我一轉身，前面黑暗中站著個陰影，是啞巴！啞巴就像是唱戲時候從天而降的天兵天將一樣，高高地矗立在我面前，而且笑嘻嘻地看著我，我嚇得發抖，因爲我知道這時候越劇團裏什麼人都沒有，我開始跑，我跑進空無一人的劇團食堂，啞巴大步向我趕了過來，我回頭驚恐地看他，發現他像是戲班子上的武生，面目猙獰，我絕望地跑出食堂，我跑上越劇團的二樓，那上面偶爾會住著幾個跑龍套的人，當我跑到二樓轉角處的時候，身手敏捷的啞巴拉住了我，他聽著四周的聲音，像一條聽覺靈敏的狗一樣，他似乎發怒了，這次不再隔著我的褲子，他一把把我的褲子拉了下來，這一下，我的下身全部暴露在他的視線中，我驚恐地，被他拽在了手裏，我像一頭待宰的羔羊，可我不敢叫喊，我怕他殺了我。這時，樓梯上響起腳步聲，好像是有人下樓，啞巴立即把我的褲子拽了回去，然後一轉身，他下了樓，走掉了。我站在樓梯上，看見兩個大人走下樓梯，在點火抽菸，我的眼淚還掛在臉上，大人們看了我一眼，並不在意，我緊緊地跟隨著他們下樓，一直跟著，一步也不離開，我一直跟著他們走到石頭鎮汽車站，那是離鎮中心最遠的地方了。在那個掛著「石頭鎮車站」字樣的門口，說是門口，其實是四面石牆少了一面，留出一個缺口既當大門，又能讓汽車開進來。我看著兩個大人走進車站售票處，我才敢回頭望望，啞巴的身影消失了。我終於覺得，這兒，石頭鎮車站，是最安全的地方。

車站裏頭停著兩輛長途汽車，還有一輛拖拉機。那拖拉機是從外地開到這兒來拉魚的，那個魚販兼司機看起來是個外地人，他的臉色不黑也不紅，不是那種討海人的膚色，他正在指使兩個漁民往車座上放籮筐。那些麻袋裏滿滿裝著烏賊和鯧魚，籮筐裝滿一車後拖拉機會離開這兒。我不知道這輛拖拉機將去向哪裏，在我的印象裏，除了我沒見過面的父親，似乎沒有一個人通過這個車站離開了石頭鎮，他們要麼永遠都不出去，要麼都是回來了，從那些我根本不知道車軲轆能帶到哪兒的地方回來，回到這個永遠的石頭鎮。

因爲擔心啞巴就在附近等我，我不敢馬上出去，於是我就在車站裏徘徊起來。車站是個特別安全的地方，因爲車站裏有個老瘸海生，他是石頭鎮最好的人。不知爲什麼，老瘸海生只要一看到啞巴，就要管管啞巴，訓訓啞巴，所以啞巴不敢來車站。

我靠近車站的售票處，看見那個車站站長，老瘸海生，他坐在辦公室的燈泡下，戴了副老花眼鏡，桌子上有一本窄窄的車票簿，老瘸海生用一個印戳往一張張票上打戳，砰，砰，砰，砰，砰，砰……打了戳的車票就是有效的。我做夢都想有一張打了戳的車票，離開石頭鎮，不管車會帶我到哪兒。

我就這樣百無聊賴地趴著窗看我們石頭鎮汽車站的老站長，老瘸海生，我希望他能走出來，能幫我。可他似乎忙得很，他一個人忙這個忙那個。老瘸海生，我不知道他爲什麼叫這個奇怪的名字，我想從我記事起就聽大家這麼叫他了。可能他的名字叫海生，可是他瘸了腿，一開始人家叫他瘸海生，後來他老了，所以叫老瘸海生吧。老瘸海生是權力巨大的。因爲石頭鎭汽車站總共只有一個人，就是老瘸海生，他既是站長，又是賣票的，又是剪票的，有時他還親自開車。所以他是很忙的。他可能是石頭鎭不討海的人裏頭最忙的了。他很大公無私的，我聽說老瘸海生是共產黨員，我那時候不知道什麼是共產黨員，但是能猜想共產黨員一定是很難的事物，因爲連隔壁招娣家的船老大父親，那麼好的人都不是共產黨員，所以，老瘸海生肯定是個非常非常好的人。有一次，我看見老瘸海生賣了一車的票，老的少的，男的女的，拎魚的扛麻繩的，都排隊在那輛黏滿了嘔吐物的長途汽車邊上，還有老瘸海生的老婆，她是個臉上有麻子的女人，她在鎭海塗養殖場工作，她也要坐車出門，我見她扛了個包，排在隊伍第一個，因爲她是老瘸海生的老婆，所以她肯定是第一個上的嘛。結果老瘸海生手裏拎了串鑰匙過來開車門了，他一看隊伍排得亂糟糟的，他就喊：排隊！排隊！然後他就拿起胸口掛著的哨子，猛地一吹，大家一聽哨子響，就把隊伍排得筆直的，老的少的，都不分輩分的排成一直線，結果，老瘸海生把隊伍從頭看到尾，就看出問題來了，他上前，一把抓起排在第一個的他麻臉老婆的衣袖，把她拽到隊伍的最後去，嘴巴還喊著：排隊！排隊！他的麻臉老婆被拽到了隊伍的後頭，滿臉不高興，很委屈的樣子。可是鎭上的人都說老瘸海生回家後對他的麻臉老婆特別好，所以，麻臉老婆也不敢在車站怎麼樣。最後，老瘸海生看看乘車隊伍排得跟當兵的似的，很有秩序，他就把車門打開了，大家才一個一個地上車，老瘸海生的老婆委委屈屈地最後一個上了車。

老瘸海生因爲賣票，所以石頭鎮的每一個人要買票，老瘸海生都會問人家去哪兒，爲什麼去那兒，多久才會從那兒回來，人家都老老實實地告訴他。老瘸海生還會交代人家，他要去的地方是怎麼樣的，要小心什麼。

老瘸海生是那麼好的一個人，我眞希望他能告訴我，石頭鎮汽車站能通向哪兒，可是我又不敢，因爲他肯定會問我去哪兒，可我除了石頭鎮哪兒都不知道，而且老瘸海生怎麼可能把票賣給我呢？他會馬上告訴我的祖父祖母的，我的祖母不會讓我離開這兒的。再說，我怎麼可能離開石頭鎮呢？離開石頭鎮，我想，我將無法活著。

除非我把啞巴的事情告訴老瘸海生。可是，巨大的恐懼和恥辱使我緊閉雙唇，七歲以後的幾年以來，我被恐懼和羞恥籠罩，這種巨大的恐懼和羞恥使得我喪失了某種獲得保護的勇氣，我不敢跟我的祖母講這些事，因爲我知道她自己就是一個被羞辱蒙蔽了一生的人。我們是倭寇巷十三號的羞辱之家，而隔壁，招娣家，倭寇巷十四號，每天都有六個女孩子的笑聲和吵嚷聲，她們一塊兒跳皮筋，一塊兒剝蝦米，她們的日子令我羨慕，而我們家的日子是無聲的，祖父和祖母不跟我說話，我也不跟他們說話，我們家三個是能說話的啞巴。我沒有朋友，我無法向任何人述說，人們覺得我是個怪孩子，連招不來弟弟的招娣，連右腮幫突出的阿三，也不覺得我是她們的同類，儘管我跟她們一樣黑瘦，一樣撒野。

從七歲開始，我已經毫無希望地預感到，啞巴會一直跟在我身後，直到我死。或是，直到他死去。只有我們中間一個人的死，才會解救這種恐懼和恥辱。

我希望自己就是海灘上的寄居蟹，寄居蟹身上背著個螺殼房子在海灘上爬來爬去，一有什麼危險，它就把身體縮到螺殼裏去，然後用兩隻扎人的大螯擋住螺殼口。

可是我變不成寄居蟹。我的後背上長不出那個硬螺殼。媽祖娘娘不會保佑任何一個人變成寄居蟹。媽祖對我來說從來就不是神仙。

於是我盼望我快一點死，或是啞巴男人快一點死。

我們中間，不管是誰死，都是好事。

6

而死亡並沒有降臨到幼小的我的身上，死亡也根本不稀罕正值中年的啞巴，死亡並不在我們這些不討海的人身上發生，我仍然沒有希望地活在這個啞巴的石頭鎮裏。我們的海神，我們的天后，媽祖娘娘，並不打算解救我們中間的任何一個。

可死亡，卻眞的是發生了。

死亡降臨在了我家的三層小石樓裏，一個夜晚，石頭鎮上並沒有颱風，也沒有暴雨，漁船安詳地歸來，在我們的小木樓裏能聽見海灘上漁船靠岸的馬達聲。我的祖父，從三層樓上一步一步地走下來，祖母已經睡了，我睡在祖母身邊，在一條藍色花被和一個喀嚓作響的米枕上，我聽見祖父像往常一樣地下樓，轉過二樓拐角處的紅漆馬桶，仍然像往常一樣，並沒有在我們身邊停留，他下樓，到了一樓，他在灶台邊停留了一會兒，似乎在尋找什麼東西，然後，他打開了木門，木門的門軸發出很大的聲響，他輕輕關上門，走了出去，我想，祖父是出去買酒或是買花生米了，以前他睡不著的時候經常是這樣，喝個三兩酒的，然後再回來睡覺。果然，我的猜測是對的，不會兒，祖父回來了，關上木門，手裏有著酒瓶的晃盪聲，腳步慢慢地，他又上了三樓，我的祖母躺在竹子做的涼涼的床板上，很輕地翻了個身，歎了口氣，她總是歎氣。歎氣，是對人生不滿意卻無力對抗的表示，是一種束手就擒的投降。祖母每天都是歎氣。祖父年輕的時候總是罵沉默的祖母，並且動手打她，把她完全當成一個下人，祖父年紀大了後，祖母也老了，祖父不再打祖母，可是連打罵這種唯一的交流也喪失了以後，兩人形同陌路人，我想，即使是仇恨，也會衰老，現在，他們倆老得都掉光了牙齒，老得背已經佝僂了，老得只剩下了歎息。就這樣，這天夜晚，祖父在祖母悠長的歎氣聲中上了樓，從此，他再也沒有醒來。

祖父自殺了。用買來的一瓶白酒，就著敵敵畏，一種殺蟲的劇毒農藥，在白酒和花生米的佐料下，喝了下去。

發現他的死亡是在第二天的下午。

在第二天的早上，祖父沒有像往常一樣起床，祖母並沒有太在意。

這天清晨，祖母像往日的清晨一樣點上火，在鍋裏加了點水，煮了昨日剩下的一口粥，在粥上蒸上一塊褐色的，印花的糖龜，說到糖龜，那是一種用麵粉和紅糖揉成的麵食，揉得特別硬特別緊，揉好了後被套在一塊有著花色木刻的模板上蒸熟。糖龜很硬，是被風乾的，所以糖龜在稀粥上被蒸了很長的時間後，終於變軟了，這時祖父也該起床了。祖母打開鍋蓋，看了看發軟的印花模糊了的糖龜，兩隻喜鵲站在枝頭的形狀已經模糊不清了，祖母又抬頭看了看樓上，樓上依然沒什麼動靜。祖母有點奇怪，都這會兒了，祖父沒有如往常那般，提著馬桶下來，也沒有咳嗽聲，更沒有提著水桶去後山的水井裏去挑水。今天早上，他什麼都沒有做，或許他是病了。但是，祖母是不說話的，於是她仍然給我從蒸籠裏抓了塊糖龜，自己端著那碗稀粥，就著蟹醬吃。我坐著門檻上一邊茫然地看著對面的小巷，小巷口的那家燙頭店，擔心著啞巴今天會不會出現，一邊有一口沒一口地啃著手裏頭的糖龜，聽著祖母在身後已經喝完粥了，開始念早上的第二遍經。灶台上方有個泥塑的觀世音菩薩，那是祖母每天的功課，祖母她不拜媽祖，她拜觀世音。媽祖太偏心討海人了，不是嗎？十分鐘以後，第二遍經文也念過了，我的糖龜也吃完了，祖父還是沒有下樓。我邁出高高的門檻，像往常一樣，穿過細窄的小巷，準備把自己泡在海灘邊，整整一天，直到太陽下山，直到祖母長長的、老老的喊聲在岸灘邊傳來：阿狗，阿狗啊，轉窩裏咀飯啊——。

於是我走出家門，來到海灘邊，可是那天很怪，漁民都沒有出海，海邊人聲嘈雜，漁民們都在補船，船被翻了過來，就像被翻過身的烏龜一樣，肚皮白色地躺在海灘邊，漁民架著梯子爬到它背上修修補補，還有一些人，拎著彩色的油漆桶，在擱淺的機帆船身上一遍一遍地上色，船眼是大紅色的，船身上畫著長長的像彩虹一樣的色彩，綠的，藍的，紅的。還有黑色，黑得發亮。這時我想起祖父曾經說過的話，一定要給船上漆而且得鬆彩漆。顏料越多船越經浪，還不能瞎畫船眼，船眼得是紅黑兩色。不好好畫船眼，閻羅王不管三七二十一就把船給掀翻了。有船眼，就能躲風浪，討到海。

那天上午，在石頭鎮所有人都不知道祖父自殺的那天上午，我無所事事地站在鹹澀的大太陽底下，看漁民們拎著油漆桶，用扁刷一遍一遍地漆船幫，我並沒有覺得那一天跟往常有什麼不同，我也並沒有覺得祖父會在那一天怎麼樣。出不出海，補不補船，漆不漆船眼，跟他，這個早已不討海的人，已經沒有什麼關係。我感到餓，糖龜在我永遠都塡不滿的肚子裏早已消化乾淨，啞巴也並沒有出現，我決定回家，吃午飯，或許是祖母的蝦醬就稀粥，或許是祖父的豬肉飯。什麼都行。

中午回到家時，房子裏什麼聲響都沒有。摸摸鍋灶，是冷的。祖母剛剛從後山的水井挑完水回來，水漬濺落在黑色的地面上，祖母眞是累了，佝僂著背，滿頭白髮凌亂地飄在臉頰邊，她的像石頭鎮台階一樣層巒疊嶂的皺紋是黑色的，她坐在門檻邊擦汗，喘氣，她眞是老啊，老得可怕！老得不像人。我看著祖母，竟然忽然被她的蒼老嚇住了！我快要哭出來！我眞害怕有一天我會老成像她一樣！今天，祖父沒有起來挑水，是她自己上山挑的。我看著祖母拿著個南瓜瓢，一瓢一瓢地把水桶裏的清水舀進深深的水缸裏。

水缸那麼大，那麼深，我相信要是我掉進去我會淹死。祖母舀完一桶水，又坐下來喘氣，擦汗。我不安地走到灶台邊，踩在小板凳上揭開鍋蓋，裏面是一塊比鐵板還要硬的糖龜。我很失望，祖母並不打算再做新的飯，今天，因爲挑水，她已經累了。我想上三樓，想去吃祖父的飯，可是祖父沒叫我，也沒聽見他炒菜的聲音，我很茫然，於是我從櫥櫃裏抓了一把曬乾了的鹹蝦米，邊嚼邊喝涼水。這時，祖母反倒不安生了，她來來回回地在灶間摸來摸去，可又不打算做什麼，她看起來有些心思，是因爲祖父這麼晚沒起床嗎？不知道。總之我是灌了一肚子涼水，蝦米乾也在胃裏脹了起來，這時祖母忍不住了，她向我走過來，指指樓上，我馬上就明白了她的意思，她是想讓我上樓看看動靜。

我上了樓，走到二樓樓梯口，一切都是安靜的，只有風吹打著窗門的聲音。我想祖父可能喝醉了，躺在床上睡覺。等我走到三樓的樓梯口時，聞到一股很難聞的氣味。似乎是酒，又好像是一種農藥的味道。我捂著鼻子走進去，我驚愕地呆在祖父的床邊。

——祖父的嘴巴邊流著白沫，床邊的地上，是一瓶沒有喝完的白酒，一瓶喝光了的農藥。祖父的臉色呈現出前所未有的可怕的紫藍色，他的面容因爲痛苦扭曲了。他全身唯一不變的，是他白色的頭髮。

我上前，去搖祖父的身軀，我想他是睡著了。我並不知道什麼是死亡。我用一隻胳膊輕輕搖了一下祖父的胳膊，他並沒有什麼反應，這下我用兩隻手使勁地去搖祖父的身軀，他完全沒有知覺。我開始叫他，越叫越響。他仍然沒有反應。

祖母像往常一樣，沒有上來。

我慌張地走下樓梯，我對祖母說：

爺爺睡在床上，叫不醒他。

祖母一聽，就在那麼一秒鐘之內，她的身體彷彿被雷擊了一下，眼淚很快地迸了出來，她竟然哭出聲音來了，這使我立即害怕起來。她蹣跚地爬上了樓，我跟在祖母身後，看她爬樓的姿勢，她如此沉重地抬起她的腳步，一格一格地，我才發現木樓梯是那麼陡峭，我想祖母應該很久沒有再上三樓了，她到底有多久沒有再進入祖父的房間？也許是十年，也許是二十年，也許是三十年呢。

死了，喝了敵敵畏。祖母站在祖父的床前說。

說完這句話，她的眼淚啪嗒地打在散落著藥瓶的地板上。

祖父死了？喝了敵敵畏？人就是這麼死的嗎？我光腳站在那瓶喝光了的毒藥前，非常困惑。

我不知道什麼是死，正如我不知道什麼是生。死與睡眠，是一樣的嗎？如果睡過去不醒了，是不是就是死？

我曾經那麼期盼過自己的死，先於啞巴男人的死，而這一次我發現我並不能輕易地死去。死是可怕的。

從祖父的葬禮上，我聽到了一些新的名詞，比如說「自殺」這個字眼，這個詞在很多人的嘴巴裏嚼來嚼去，可我不知道它確定的意義。或者說，「自殺」這個字眼，在我祖父身上的確定意義。

當一架紅漆棺材被四個棺材店的男子抬進我們三層小樓的門口時，祖母從灶間迎了出來，她面目茫然，邁出高高的門檻，家門口有一根被燒焦的電線杆柱子，祖母的手攀住那根焦黑的柱子，身體忽然垂在了地上，她嚎啕大哭起來，像一個瘋子。祖母邊哭邊說了很多聽不清的話。門口圍過來越來越多的人，一開始是小孩子，然後是婦女，剛從魚市上歸來的老太婆，手裏還提著一網兜的活蹦亂跳的蝦鼓，最後連男人都圍過來了，我似乎還看見了啞巴男人的影子，我心裏緊張了一下，可似乎一轉眼，啞巴男人又在人群中消失不見了。但願他知道我們家發生的事，從此再也不要……我躲在鍋灶間黑暗的角落裏不出來，外面很亮，裏面很陰，人們看不到我。

外面的嘈雜聲和閒言碎語聲越來越響，我聽見幾個漁婦在嘮叨。

一個漁婦說：這老太婆，一世人活著沒跟老倌人和好過，死了哭什麼啊？

另一個漁婦說：這道理你不曉得，就是得哭！不哭不忠，你曉得不？

第三個漁婦插嘴說：就是啊，裝也得裝出來哭！老太婆這世不哭，下世還得哭！

……

我聽見祖母沒完沒了地哭，哭了很久，她太可憐了，可是沒有一個人同情她。開始的時候她還有眼淚，可後來，眼淚乾了，連身體裏的水分都哭沒了，祖母穿著黑衣服趴在電線桿子上哭的身體，似乎比平時縮小了很多。

祖母把我們的耳朵都哭累了。

而我沒有一滴淚水。

我甚至覺得一種巨大的羞恥，潛藏在祖母的淚腺中，就像是啞巴男人帶給我的難以排遣和無法逃避的可怕的羞恥。羞恥感如此深刻地進入了我，七歲女孩的內心。羞恥，成爲我童年以來，或者說，成爲我成長過程中的唯一情感。

我躲在屋子裏的陰影中，不讓外面的路人看見，也不出來，門口圍觀的全是鎮上認識的大人和小孩，還有最正直的石頭鎮車站站長老瘸海生和他的麻臉老婆，似乎大會堂的戲都搬到倭寇巷十三號來了，可是，我們又不是演《五女拜壽》，我們是苦戲，竟有那麼多人愛看苦戲。我覺得很丟臉，覺得沒辦法在這個石頭鎮上混下去了。

屋子裏，抬棺材的人在檢修棺材，一遍一遍地合上棺材蓋。祖母還在哭，我逃到了二樓，使那些煩惱的聲音和人群離我遠一點。二樓祖母的竹床上，整整齊齊地疊放著剛剛做好的祖父的壽衣，黑色的綢衣，是壽衣店花了一天一夜的時間趕製出來的。祖父一輩子都沒穿過那麼刮挺的衣服。我輕輕地摸了摸壽衣，眞是死人要穿的東西。不知爲什麼，那種感覺讓我害怕。我就這樣怔怔地看著黑色的簇新的壽衣，樓下人們的討論聲又冒進了我的耳朵。

——你曉得不？伊爲什麼自殺？毋快活啊！

——是毋快活，憋氣啊。沒船。沒孝子。老太婆又倒楣。

——伊一世人算慘了。老了沒人養啊，要麼幹嘛死。老倌人前世沒修行好啊。

——老太婆前世也沒修好啊。拼到一塊兒了。

我趴在二樓的窗口，往下看，棺材店的人走了，祖母已經哭得沒有任何體力了，門口的大人們漸漸散去，連那些以此爲樂事的漁婦們都沒了興趣，叨嘮著各自回家幹活。只有一些永不知疲倦的小孩，因爲越聚越多，索性就在我家門口的地上玩了起來，我看見招娣的五六個姐妹都在地上玩，有拿小刀子插碉堡的，有玩香菸牌的，有吵架起來的便展開了群架，倭寇巷東頭的跟倭寇巷西頭的打，家裏討海的小孩跟家裏不討海的小孩打，男孩用拳腳，女孩抓辮子。這些小孩子裏頭，自然沒有我。石頭鎭孩子們的打群架中永遠都沒有我。

祖母終於停止了哭，她沒什麼聲了，就像這輩子再也不會哭了似的。她歇了半晌，從燒焦的電線桿子邊爬了起來走進家門，既然棺材已經抬來了，該做的事就得動手做了，關於死人還有很多事情要做。

祖母開始給祖父擦洗身體，手臂，背，腳板，我則去樓下舀水，換水。接著她給他穿壽衣，當她抬起祖父的肩膀時，我有點被嚇著了，因爲祖父的身軀那麼僵硬，直挺挺的，就像是一塊鋼板，他的胳膊，被祖母的手拉了出來，骨關節咔咔作響，卻完全沒有辦法伸進衣袖裏去。還有祖父的手，呈現著紫藍色，五個手指都蜷了起來，幾乎是勾著，青筋暴露在外面，比骨頭還要堅硬，我從來沒見過祖父有這麼一雙手，像是螃蟹的手爪，我冷冷地站在祖母身邊，打量著那樣一雙手。難道曾經就是那樣一雙手，把那些綠色的，綴滿彩色海浮子的漁網撒進海洋裏的嗎？就是那樣一雙手，在離岸很遠的洋中心收起那跳滿魚和蝦的漁網嗎？難道也就是那樣的一雙手，像是螃蟹的手爪，曾經在這幢小樓裏揮舞起來，打我那沉默的祖母的嗎？或者，就是那樣的一雙手，擰開瓶蓋，喝下毒藥的嗎？

我再次聽見祖父的骨關節咔咔作響，我的汗毛豎立起來，眼看著祖母只能把祖父壽衣的袖子穿進去一半，她的額頭上已經布滿了汗珠。祖母絕望地坐了下來，她坐在老頭子的身邊，擦著汗，無力地說：

阿狗，去，把招娣她媽叫來。

我跑下樓，跑到隔壁的小院子門前，招娣並不在，她的母親正坐在院子裏剝蝦米，蝦白花花的像小山似的倒在院子裏的石頭地上，蝦很小，很濕，都是那種身子很短而頭和鬚很長的蝦。招娣的母親把剝完殼的蝦米放在籃子裏，撒上兩把鹽，我知道，這種蝦仁剝好了是用來賣給鎮漁業冷凍廠的，七分錢一斤，我還幫招娣剝過幾十斤呢。招娣媽看起來好像每天都在剝蝦米，手指肚被鹹水泡得發白了。

我跑到招娣媽面前，我著急地說，她穿，穿不上……衣服……

招娣媽愣了一下：衣服？

我說：穿不進去！手骨直的！

我頭一仰，手一伸，做了個死人的動作。

招娣媽一聽就明白了，她抖了抖圍兜上的蝦殼，馬上從板凳上跳了起來，板凳七仰八叉地摔在地上，她跑出了自家院子。招娣媽眞是個好人。

我慢騰騰地從招娣家的院子裏走出來，他們家的院子中間開著香香的梔子花，多麼好啊，大太陽底下，兩條長板凳上支起一個匾，匾上面曬著好些墨魚乾，梔子花樹底下，還有幾個黃色的海浮子，和一堆用來編漁網的尼龍繩。招娣的爸爸是個船老大，那條船是他們家自己買的，船上還有幾個合夥的漁民，招娣的家多好啊，我眞羡慕，眞希望我是生在這樣一個家庭裏，什麼都不缺，有父親，有母親，有那麼好看的會唱林妹妹的大姐金鳳，有一棵梔子花，還有一條船。有了一條船，整個大海都是你的，眞的。我就癡癡地站在招娣家的院子裏，不肯走。祖母說人都是有前世，今世和來世的，如果有來世，我希望我來世投胎在招娣家，做他們家的一分子。招娣還有那麼多的姐姐，不發愁沒人說話，即使是夜晚，一點也不孤獨。有好幾次，我夢見我的母親是招娣媽，我的父親，就是招娣爸，我眞的就像是招娣一樣，喊著爸和媽，還有那麼多招娣媽生的小姐姐們，跑在我的周圍，互相拉辮子玩，我一點也不害怕祖父，我甚至都不會害怕祖父的死，因爲家裏有那麼多的活人，到處都有喧鬧的笑聲，我也不再害怕啞巴男人，因爲我有高大的船老大爸爸，船老大是頂天立地的，誰也打不過他，包括啞巴男人。這個在七歲那年重複做的夢令我如此幸福和安全，可是當夢醒了，我發現自己仍然躺在二層小樓的竹床上，床板冰涼，白髮的祖母睡在我身邊，鼻息奄奄。颱風來臨之前的海風單調地吹拂著木窗，在風的間歇中，能聽見樓上祖父在棕繃床上的呼嚕聲，我還能聽見祖父不眠之中翻身的聲音，以及三樓那扇能看見大海和船隻的小窗中，傳出的寂寞的海浪聲。嘩，嘩，嘩，海浪不知疲倦地拍打著礁石，一夜又一夜，沒有梔子花樹，沒有樹下的海浮子和結漁網的綠色尼龍繩，沒有太陽底下曬墨魚乾的竹匾，也沒有招娣姐姐們的笑聲，更沒有招娣的父母——我在夢中的來世的父母。我仍然是阿狗，一個沒人在乎的，連閻羅王都不想抓走的乖僻小孩。

我在夢醒後的漫長子夜裏，清晰地看到了，理想只不過是難以實現的夢，儘管那個夢就在隔壁的開著梔子花的小院子裏發生，儘管僅僅是一牆之隔，可你就是無法穿越那道牆壁，因爲那不是你的生活，那不是掌管這個世界的神給予你的一種生活。

七歲的夜晚，我已經失眠了。從那時到現在，從祖母睡在我身邊的童年，到朱子躺在我身邊的日子，從過去那張冰涼的竹床，到此時壓在我青春的身軀下沒有床架的床墊，從海浪寂寞的翻滾聲，到此刻我們二十五層大樓外面都市的警報聲，它們穿梭在我失眠的夜晚。在時空往返的隧道中，在時間的接縫中，我試圖分清楚夢境與現實，過去與現在。

祖父的死，終於令我發現，祖母還活著。祖母是活著的人！而在這之前，我以爲祖母是死的，是不存在的。我也開始懷疑，我是否依戀過祖母，我是否開始擔心她有一天也會死。

祖父的葬禮，是在海角的後山頭上舉行的。後山滿是荒草的墳塋裏，埋葬著一代又一代的漁民和漁婦。走到後山的一個小山頭，可以看見有兩個墳，挨在一起，周圍的野草長得不太高，那是祖母經常去照料墳頭的結果，祖母在多年以前，在她年輕的時候，已經與公公家的人一起，爲自己和祖父的來生選好了地方，雖然她是個沒有言語沒有快樂的老人，可是你看，她選的墳地多好，藍色的大海就在山腳下一覽無遺，偶然有海鷗在波光中飛過，山谷裏，是一片片細密的柏樹，黃昏的時候，紅紅的落日正落進墳頭正對的海面上。兩個墳緊密地挨著，一點都不孤獨，儘管他們生前，是那麼冷漠仇恨的一對冤家。

棺材落下去的時候，祖母讓我跪在祖父的墳前，磕三個頭。我磕頭，祖母開始燒紙元寶，黃燦燦的紙元寶，是祖母連夜用黃酶銅紙摺的，摺九九八十一只金元寶，祖父能帶去在陰間用。祖父在人間，他的錢總是不夠用的，鎭上還有人說他是小氣鬼，捨不得把錢給祖母花。現在，祖父跟地府的小鬼們在一起，不用再發愁沒錢花了，因爲我知道祖母每年都會給他燒金元寶，會燒很多，祖父死了，祖母終於能對祖父好了。

我悵惘地磕過頭，拍落膝蓋上的山土站了起來，和尙開始圍著墳敲木魚唱經，我退了出來，不敢再待在被黑袍和尙包圍的墳頭，我遠遠地站在後頭打量著，看見祖母把紙元寶一張張地從籮筐裏拿出來，投進火裏，墳已經被土塡上了，我看著相隔著的祖母的墳，空著，我想，祖母應該是很渴望能早些進入這個寂寞的地下，聽松柏和海浪的聲音吧。人世間，到底有什麼可以留戀的呢？

祖父的死訊，沒有人能夠找到我失蹤的父親，告訴他眞實的情況。實際上，誰又能知道祖父爲什麼自殺，爲什麼喝敵敵畏？祖父是個識字的人，可他並沒有寫遺書，寫任何對於生活的抱怨，或是寫下自殺的原因，他不給人們一點暗示，不給我的未來以及我的從前任何暗示。他在子夜聽著三樓小窗傳來的海浪的潮汐聲，他死了。他什麼都沒有留給我和祖母，他甚至都沒有一條小舢板，一個破漁網，一支小櫓。

對於祖父的死，我沒有掉過一滴眼淚。我甚至都沒有感覺到悲傷。就像母親生我時大出血，死在一條船上，我沒來得及哭過一樣。確切地說，我不知道什麼是悲傷。可我知道有一種東西，有一種情感，比悲傷和流淚更爲可怕，那就是恥辱，深入骨髓的恥辱，以及盛滿恥辱感的恐懼。

記憶滯留在這幢沉默的石頭樓裏，我試圖回憶祖父生前跟我說過的話。可又似乎找不出什麼重要的談話，他一直是那麼冷漠，那麼不容易親近，祖母怕他，我也怕他。他總是給我們一個上樓或是下樓的冷峭的背影，那個背影從未遲疑地轉過來，那個背影沒有任何的溫度，那個背影從未傳遞過更多的信息。但我長大以後，漸漸從記憶的混沌中剝離出清晰的部分，我發現他生前，是跟我有過相當重要的談話的。

有一天，祖父從樓上走下來，我站在窗口看雨淹沒了街道。幾乎沒什麼起因，祖父忽然開口叫我：阿狗。

嗯。我應了一聲，不知道祖父爲什麼突然喚我。

祖父開口說，你以後，要是見到你爸，告訴他我不快活。

我茫然地說，我爸？你不是說他不會回來了嗎？

祖父一時沒有什麼話。

過了會兒，他說，對，我忘了。

說完，祖父轉身從門背後拿了把雨傘，走到了外面下雨的街道上。

我想，這是我能記住的祖父唯一的一次表達他的生活感受，確切地說，是對我從未曾謀面的父親表達他的不快樂。

對於我的父親，幾乎沒有什麼想像。我想，他從來都不存在過。

我的記憶開始模糊起來，我似乎努力地想回憶起祖父的面容，可是我怎麼也記不起來他長什麼樣了。我開始後悔我從來都沒有，都沒有親自用我自己的手摸過他的臉頰。我想如果一個人從來都沒有摸過另一個人的臉頰，那他肯定最終會忘記那個人的模樣。

對於祖父，我只記得他拿起雨傘，走到下著雨的倭寇巷上的背影，那個背影從未遲疑地轉過身，那個背影沒有任何的溫度。

7

北京轟隆隆地沸騰著。新大樓的腳手架，搭到了飛機飛翔的高度。而我和朱子仍然蜷縮在一層樓。

唯一可慶幸的事是，房租並沒有漲價。

最近二〇五在搬家。二〇五，也就是我們樓上的房間。

幾天來二〇五一直在搬東西，搬的應當是大件的家具，電冰箱，洗衣機，組合音響，大衣櫃之類。家具在地板上蹭出很大的聲響。但他們家似乎是個聚寶箱，從早到晚搬了三天，還在從裏往外噼里啪啦地掏東西。我們只好把電視機音量開到最大，中央一台，從早間新聞到學英語節目再到唱京劇再到怎麼做宮爆雞丁再到如何科學育兒再到如何塑造一個有自信的現代女性再到新聞聯播再到天氣預報，兀自讓電視機喋喋不休地喧嘩著。

當朱子從外面買速凍餃子回來的時候，發現了新的情況。樓上已經不是從裏往外搬東西，而是有新的住戶從外往裏搬東西。

「是一個金黃頭髮的女人，金黃金黃的頭髮，對，燙著大鬈，穿著豹子花紋的緊身裙，你知道的，那種橫條的豹子紋，胸口開得很低的那種緊身裙，她站在門口指揮幾個搬家公司的工人往樓梯上搬家具，看家具，好像那女的很有錢，紅色的皮沙發，不知道是不是眞皮，那電視機是比我們大兩倍的直角屏幕超薄彩電，開電梯的大媽挺會生事的，三番五次地打量那女的，竟不讓搬家的人進來，說二樓走著就可以上去了，老佔著電梯影響別的住戶上下樓。搬家公司的人倒也願意走上去，說走著搬比上電梯還省勁。」

朱子激動地描述外面的景象。

我看看天花板：「會不會比原來的更吵？」

我想一個燙鬈髮染金髮的女人住在頭頂，會不會每天能聽見電吹風的聲音？

「不好說。不會比原來的安靜吧。」

「她看起來是枚炸彈。」朱子說：「工人一邊搬東西一邊盯著那個女人看。剛下班回來的，也推著自行車扭頭看，鎖車時都忘了固定腳煞，大家都偷偷看那個女人。可那女的，倒不在乎。」

朱子說那話，像是水手在一望無際的海面上，航行了五個月，忽然看見水面鑽出一條金髮裸體的美人魚一樣。

「這麼說，是個炸彈。」

我這樣想著，竟想跑出去看那個女人，畢竟，她要搬到我們頭頂住嘛。

「我出去看一下。」我順手拎起個垃圾桶，開了門逕直走到大樓的電梯口。

大樓門外，堵著一輛破舊的搬家公司的卡車，兩個工作服髒兮兮的工人正從車上抬下一張大餐桌。幾個永遠蹲在地上下棋的老頭們，這會兒都不下棋了，頭朝向一個角度看西洋景。正如朱子所言，那位穿豹子花紋緊身裙的女士，金色大鬈髮，口紅絢爛，豹子裙的腰間繫了根很粗的裝飾皮帶，細高跟鞋和絲襪，效果驚人。更驚人的是她的神態，她的神態不是住二樓的人的神態，她的神態是住大樓頂層臨窗眺望全世界的神態。她站在骯髒的垃圾桶邊，手裏抱著一隻跟她髮色相同的金黃色小貓，貓和她一起冷漠地打量著搬家公司的進度。

貓在她開口很低的豹子裙領口低低地叫著，不時用腦袋蹭著女主人春光綻放的乳溝，貓的聲音很是騷擾。

我知道這會兒所有在她身邊的人，除了我，都渴望能做那位女士胸口的那隻貓。

我沒忘了我手裏的垃圾袋，我經過那位女士身邊，「噗」地一聲把垃圾飛進她身後的蒼蠅繚繞的垃圾桶裏。

她身上的香水味，濃得很。這是朱子漏掉或故意漏掉的一個信息。

穿豹紋緊身裙、金色大鬈髮的養著一隻貓的女人，住進了我們頭頂。我和朱子在房間內的生活，因爲有了那個女人的加入，話題豐富起來。

整個上午是沒聲息的，我猜想她在睡覺，中午時分，響聲從洗手間開始，嘩啦啦地流水聲沖下來，經過我們廁所的水管一路到底，然後，頭頂的地板就不安靜了，她跺著腳，噼里啪啦地，錄音機裏放著一種節奏很快的類似搖滾或是迪斯可那樣的音樂。不知道她是跳舞還是做健身操。我們都見過她本人，她沒那麼胖，只是豐滿而已，可是她每一次起跳落在地上引起的震動，能使我們屋子正中的吊燈流蘇左右劇烈搖擺，像是輕度地震。跳完健身操，音樂消失了，只聽她家的電話開始響個不停，像是個人人皆知的總機。下午，陸續聽到她家門廳處不斷開門關門的聲音，她似乎是一直在接待來客，我們只能從來客的笑聲，咳嗽，噴嚏，皮鞋的輕重起落，音箱裏的音樂，判斷來客的身分，從那些聲音的分貝，質量，我們推斷她的客人清一色是男人。得出這樣的推斷後，我和朱子坐在房間裏，默默地吃我們的速凍食品，蘇阿姨餛飩，臧姑娘水餃，狗不理小籠包，我們的食品清一色是速凍的，品牌的。晚飯落肚，我的腦中想像著一個金色鬈髮緊身豹紋裙的女人與那些男人們在狹小的房間裏周旋，他們做什麼呢？幾個男人和一個女人在一起，能做什麼呢？想不出來。

黃昏時有一陣靜默，我猜想女人可能外出赴約吃飯，像我們一樣，會錯過了比一樓好不了多少的黃昏四十五分鐘的陽光。暮色降臨時分，女人的高跟鞋聲音又出現了，她回來了，她在地板上來回走著，忙著什麼呢？也許是把那身豹子紋的緊身裙給脫下來，把身上的各種零碎脫下來，她要給貓餵食嗎？或是幫貓洗澡嗎？女人是不看新聞聯播的，也不看電視劇的吧。因爲似乎從一吃完晚飯的那段時間開始，似乎從夜色籠罩整座大樓的那段時間起，女人就只有做愛的主題了。

做愛的聲音以垂直線方式落下，穿透我們的天花板，落在我和朱子平淡的日常生活裏。有時是床頭撞擊在牆壁，連續不斷，很有節奏，像泥水工人拿著錘子一下一下地在敲牆。有時乾脆是兩個身體從床上翻滾下來，在地板上滾動，能判斷出來這是胳膊支在地上的聲音，那是膝蓋落在地板的撞擊聲，要麼是一個身體在地上被拖過的聲音，要麼是兩個人翻過身調換姿勢，女人的叫聲越來越高，也越來越沉悶，似乎被一隻手捣住了，有時候你並不能分清是在打架還是在做愛。當他們徹底安靜下來的時候，你能聽見貓在地板上輕輕跑過的聲音。

而整幢大樓以更強勁的分貝覆蓋了那個女人私人生活的分貝。她的私人生活，在子夜之前，被這幢二十五層大樓的健康生活掩蓋了。家長里短，人情世故，丈夫向妻子彙報一天的工作情況，孩子向父母彙報一天的學習情況，老太婆向老頭彙報一天的麻將情況，女人，她僅有的身體的主題在這個大社會裏是蒼白的。

然而零點之後的夜，女人的生命力強有力地綻放出來，她持久的做愛，發出叫聲，有時她會大笑，笑到喘不過氣來，我們伴著她的夜半歌聲，直到在深重的夜色裏沉沉睡去。

每個無聊的無可依附的深夜，整個城市都睡了，我和朱子躺在一層樓的床墊上。那床墊離地那麼近。我們能聽到地心的心跳，我們能看到螞蟻悄然地爬動在床頭的燈座上。我們裸身躺在床上，手拉著手，我們是那麼地無奈和無望，我們知道第二天將會是同樣的一天，不會向前邁進一步的一天。我們唯一能想像的是想像頭頂女人的房間。我們想像著女人她赤裸蒼白的身體被男人的精液淹沒了，被那些溫熱的精液淹沒了，她的整個房間被精液淹沒了。她豐滿的身體漂浮在白色的精液裏。我們害怕。

但就有那麼幾天，樓上悄無聲息，偶爾有女人拖著拖鞋輕輕走動，沒有頻繁的電話鈴聲，沒有不斷開合的開門關門聲，更沒有男人的重重的皮鞋聲。那些撞擊地板的聲音，那些有節奏的敲擊，都聽不到了，縱使我們把電視關到靜音，也聽不到樓上的動靜，深夜，偶爾有貓叫。

平靜是凝固。平靜是死亡。我和朱子的青春生活被頭頂的金髮女人映襯得如此蒼白。二十八歲加二十九歲，等於五十七歲。五十七年的經歷，比不上頭頂那一個女人的一夜生活。

這個晚上，我和朱子待在屋子裏像往常一樣默不作聲，不去聚會，也沒有朋友。朱子在網上看各處新聞，我在拿計算器結算錄像店每月的帳，四周終於靜悄悄下來，看表，剛過十二點，外面似乎起風了，能聽見一扇沒關好的紗門窗被風拍打著，啪嗒，啪嗒，持續不斷。忽然，我被一種惆悵纏繞著，我不知道惆悵什麼，卻感到這種惆悵像網一樣籠罩著我。我打開房門，在一層樓長長的走廊裏溜達起來，隔著長廊的窗戶，外面是城市的黑夜，路燈沉默著，賣菸的小攤還在街頭寂寞地亮著燈，風聲四起，一切都在承受著冷漠的大風。我走到走廊盡頭的電梯口，電梯已經關了，我卻似乎聽到什麼聲音，是人的喘息聲，更準確地說，是人的輕微的哭泣聲，我有點害怕，我循著聲音，抬頭找，就在一樓通向二樓的樓梯口，坐著一個人，那個人手裏抱著一隻兩眼冒著綠光的貓。我終於看清楚了，是住我們樓上的那個金色鬈髮的女人，她這會兒穿著一件很短的睡衣，顏色分辨不清，光著兩條大腿，她只是蜷坐在樓梯上，不時地發出一聲抽泣聲。

她在哭？

貓在她懷裏偶爾低低地叫一聲。

她是在等人嗎？還是喝醉了？她的男人們呢？她爲什麼傷心？她沒有錢付房租了嗎？還是使她懷孕的男人離開她了？她似乎是看見我了，她默不作聲地抬起頭來，我也在黑暗中看著她。

我還要在這個地方住多久？

8

因爲祖父自殺的事件，我幾乎忘記了啞巴在石頭鎭的存在，我每天蹲在三樓的房子裏，幫祖母收拾祖父生前的物品，其實沒有什麼寶貝，大都是些空酒瓶，空菸盒，一兩個裝糕點的空盒子，幾把好使的小刀，別在一塊紅綢布上的幾十顆文革時的毛主席像章。確實沒有什麼可用的物品，可對於祖母來說，這個房間裏的一切，是全新的，因爲她二三十年來沒有再上過這個三樓，祖父生前的一點一滴東西，能幫助她知道很多事情的緣由。祖父用過的被褥，枕頭，穿過的布鞋，褂子，祖母說，要在明年清明的時候燒給他用。

三樓的那間屋子，漸漸空了，祖父的咳嗽聲，夜晚酒瓶磕碰的砰砰聲，連同祖父，都像空氣一樣消失了。祖母最終關上了祖父床頭那扇可以看見海平面的窗，屋子裏不再有海浪聲。一個時代就這樣結束了。

幾天以後，我從樓梯上下來，我走到外面的大街上，夏季的颱風來臨之前，我覺得應該有什麼新鮮的事情進入我的生活，我應該去找招娣，我應該讓招娣爸帶我去船上。

雖然，我知道，漁民不讓女人待在船上，船會觸礁，會倒楣，可是，我還是個小孩，我會向他們保證，我不會帶來壞運氣。

我走到隔壁的招娣家，招娣和招娣媽都不在，我看見招娣的奶奶在院子裏剝蝦，我喊招娣，招娣，招娣的奶奶耳朵聾了，她什麼也聽不見，只是低著頭，慢慢地揀著蝦頭，直到我走進院子，招娣的奶奶才看見我。

她奶奶嗓門很響地：招娣去鎭衛生所了，招娣媽生了，是個女的！

我愣了一下，站在枯萎的梔子花樹下。

招娣奶奶忽然又補充了一句：又是個女娃，沒用的！

世界向前走得那麼快，祖父去世了，招娣媽又生了個女孩，招娣有了個妹妹。現在招娣家有了七個女娃了。招娣沒有招來一個弟弟，招娣父親會不會打她？

我很失望，我的玩伴招娣不在家。從招娣家走出來，我在倭寇巷上溜達。巷子裏有著一股鹹澀的海風，像龍尾巴一樣掃蕩過來。當我走到第三個拐角時，忽然，我打了個冷顫，啞巴男人出現在我眼前！

我幾乎沒有反應過來，在我沒有出家門的幾天中，我以爲世界發生變化了，老的人死了，新的小孩生了下來，有的人長大了，可是，當我看見啞巴男人再次在我眼前冒出來的時候，我覺得世界絲毫沒有改變，我的長大，我所希望的那種具有對抗性力量的長大沒有一絲可能，只要啞巴繼續活在這個石頭鎭，我這輩子都將不能再長大，我只能長到一米，不可能到一米二，一米三，最後長成像大人一樣的一米五，一米六，或是一米七。不，我不能！世界似乎是凝固了，我就像是被黃色的松脂凝結住的琥珀，在一個封閉的，完全沒有出口的松脂油滴裏爬行。

而這次，我進入的是一個眞正的琥珀，我窒息了，我幾乎死掉，事實上，我沒有死去，是因爲經歷了那次事件，我不再是我。

啞巴拐了我，把我藏在了他家的地洞裏。

然後，然後……

一開始，在倭寇巷的拐角，我以爲啞巴只是再次用他手背上長黑痣的手，伸進我的體內，而就像以前每一次所經歷的一樣，我的恐懼，我的恥辱，會因爲行人的經過，而短暫的得以結束。可是，我不曾預料，這一次，啞巴發狠了，啞巴指著街巷旁邊的一條小道，費勁地指著，我不知道他什麼意思，他的喉間發出奇怪的聲音，他焦急地指著，我滿心恐懼，又手足無措，我竟然隨著他手指的方向走了過去，這一走，我幾乎沒法生還！我從來不知道，巷道旁邊的一個小屋子，竟就是啞巴的家！

啞巴把我架進了屋子，他用腳後跟很快地踢上了門，裏面漆黑一片，僅有的小木窗被封得嚴嚴實實。我終於知道，大難臨頭了！身體的恐懼感已經超越了對死亡的恐懼，我終於，不顧一切地大叫了起來！我先是喊祖母，我馬上意識到這是無濟於事的，接著我就喊招娣媽……啞巴捣住了我的嘴，給我嘴裏塞上一塊毛巾，然後，把我扔在一張無比堅硬的床板上，接下來，我感到撕心裂肺的疼痛，七歲的我，不知道身體發生了什麼。

如果說死亡是可以用疼痛的一百分質量來衡量的，那麼，我在那間屋子裏所遭遇的疼痛，就是一百個死亡。

不知過了多久，也許是四個小時，也許是一天，或是兩天，醒來時，我只是看見鮮血冷卻了，凝結在我的大腿兩側，我的下身的草席上。我記不清我曾經是誰，我記不清我來自哪條街道，我記不清我是不是由父母生下來的，還是一出生就躺在了這裏，我看著這個陌生的房間，這個在灶台上並沒有供奉媽祖娘娘的屋子，這個在燈影下晃來晃去光著身子的可怕男人，終於，我哭了。

眼淚，我記憶裏生平中的第一次眼淚，流在了我身體上已經乾成塊狀的血痕裏。眼淚，濕潤了那些血塊。至今，我仍然記得那種潮濕，那種鹹澀，那種血腥味。那是死亡的味道，那是祖父枕頭上的味道。

燈泡的玻璃壁是油乎乎的，頭頂的木梁柱上掛著蜘蛛網，門的上方並沒有貼著黃色的辟邪符，海浪的聲音，完全聽不到了。這個地方，就像是陰間，就像是閻羅王的家。

我被綁在床角，我竟然看見了啞巴的家人，我看見了他的頭髮花白的父親走進來，面容憔悴，並不像一個漁民，他沒有言語地看了我一眼，搖搖頭，他在屋子裏無措地站了會兒，喪氣地走了，我又看見他的母親走了進來，看了我一眼，眼神裏充滿了跟我一樣的恐懼，發抖著也走了。我看見了她的背影，她那熟悉的跟石頭鎮婦女一樣的髮髻，纏了一圈紅頭繩，插了一朵白色的梔子花。她那樣的女人，爲什麼會在這個閻羅王的家裏呢？我甚至不明白，啞巴怎麼會有父母的？啞巴怎麼會有兩個正常的父母的？啞巴竟然跟別人一樣，是由盤著髮髻的一個女人所生下來的？

那個髮髻上插梔子花的老女人的背影遠去了，不再出現，我聽見啞巴在外面摔東西，嗓子間有著嗷嗷的聲音，像一頭被封住嘴巴的獅子一樣咆哮著，我看見他的雙手揮舞，向他可憐的父母揮舞，手指的關節因爲用力過度而彎曲，正是這雙手，侵入了我的身體，充滿了可怕的絕對力量。

知道這樁事件的兩個人，啞巴的父母，再也沒有走進這間屋子。我仍然被綁著，痛苦就像一個大海，成爲海平面上的一個無窮無盡的波浪世界，波浪所到之處，均是痛苦，波浪延伸到海岸的礁石了，眼看要消退在礁石邊的沙土裏了，可是又退了回去，恢復成一個無邊無際的大海。波浪從未乾涸。我甚至在想，除了我，連啞巴，都有他的家，他的父母。他把我帶到他自己的家，是因爲他覺得在這兒他更安全。

我還不知道等待我的是什麼，我一次一次地接受著啞巴的身體。有時，是在伸手不見五指的夜晚，有時是在黎明來臨的時分，有時是在什麼時間都不明確的光線裏，當我從疼痛的昏迷中醒過來，我側耳傾聽這個小鎮的聲音，希望有人在房子外面走過，希望挑水的扁擔的吱呀聲從石板路上傳來，希望天天喚我吃飯的祖母向我尋來，可是，什麼聲音都沒有，我只能聽見大風吹過蓋著瓦片的屋頂，小石頭從瓦片上滾下的輕微的骨碌聲。這個房間彷彿置於石頭鎮之外，是地府，是陰間。在所有的期盼都落空之後，我最後渴望石頭鎮來一場前所未有的暴風雨，比十二級的颱風還要狂暴的暴風雨，掠過海洋，掠過石頭鎮，所有生命都被摧毀了，連同啞巴，連同我，這個根本不值一提的身體，這個並不屬於我控制的身體，即使有一天逃離了這個地府卻仍然是無法生還的身體，都被摧毀掉。可是，比十二級颱風更爲強烈的暴風雨並沒有降臨到石頭鎮，什麼都沒有降臨。我縮在床角，只看見一絲陰翳的天空。

幾天以後，開始出現有人在門口的說話聲，街道上開始有不同往日的騷亂，是節日，是送葬，是祭廟，還是什麼紅白喜事，我無從知道。我側耳傾聽著外面的動靜，可我被毛巾塞住了嘴巴，無法喊叫。啞巴似乎變得緊張起來，我想他是害怕被人發現，一天中午，他進門來，警惕地打量著自己的屋子，他來回看了幾圈，然後在房裏各個角落踩地，似乎是要看看哪一塊泥土比較鬆軟，繼而站定在床邊，他一把拉開床，把床搬到房間的另一側，然後，他出門，再次進門時他提著一把鐵鍬和一個大麻袋，他把麻袋放在地面，拎起鐵鍬開始挖床底的那片土，一鍬一鍬，他挖的是地窖，一鍬一鍬，他把挖出來的土放進麻袋。他一直挖，他那雙長著巨大黑痣的手似乎不知疲倦。麻袋滿了以後他就出門倒掉，中間他也喝水，坐在床沿邊喘氣，接著繼續挖，兩天過去以後，地洞挖了出來，我仍然被綁著，我被放進了那個比死亡還要黑暗的地洞。

從此，再也沒有人發現啞巴的秘密了。

從此，再也沒有人發現我深藏的恥辱了。

太陽忽然照在我身上，很刺眼，我在海灘上，我發現我在細沙子上爬行，我怎麼從地洞裏爬了出來了呢？啞巴不是把我綁了起來了嗎？可是我身上不疼了，呼吸也變得舒服了，海平面忽然變高了。天更高了，身邊的礁石像石頭鎮的後山一樣，尖聳而巨大，那些我所認識的漁婦們，忽然也變得像巨人一樣高大。我低頭看我自己，這是我嗎？我根本不認識自己，我的頭髮怎麼長到手上去了呢？我的手，又怎麼變得那麼硬了呢？我發現自己原來是一隻寄居蟹，我的背上，長了一個堅硬的東西，哦，是一個空的螺殼。

我頂著它，它很大，我伸出我的手，沒有手指，是一個觸手，確切地說，是一個寄居蟹的螯足，我用我的螯足摸我的後背，那兒是一個堅硬的螺殼，可以裝下我的身體，難道我眞是個寄居蟹？我正遲疑著，就看見海水漫過來了，要淹沒我，我把頭伸進我的螺殼，我的房子，我把我的大螯足擋在螺殼門口。海水退回去了，一切又安全了，我探頭出來，我看著身邊巨大的海灘，我想，我眞的有了自己的螺殼。多好啊，我伸展著我的螯足，它們長在我身體四周，房子夠大嗎？我是不是長大了？遠處的沙灘上不是有一個更大的螺殼嗎？我可以換一個更大的房子，不是嗎？這麼想著，我就朝那個更大的螺殼爬了過去，我要讓自己有一個舒服的家，這時，我看見那個更大的螺殼，不是個螺殼，而是啞巴那隻手背上長著一顆黑痣的手！難道眞是啞巴嗎？可是啞巴男人從來都不來海灘邊的，不是嗎？他怎麼出現了呢？他慢慢地逼迫過來，他的腳停了下來，他停在我身邊，他用腳尖踢了踢我，我沒有縮進我的螺殼，因爲我想他肯定認不出我來了。可他狐疑地打量著我，長時間地打量著我，哎喲，他認出我來了嗎？沒有，沒有，我不是阿狗，我也不是珊紅，我是個寄居蟹，你看我是個寄居蟹。我趕快把我的頭，把我的身體縮進螺殼裏去，天哪，發生什麼了？螺殼破了，他，好像把我的螺殼踩破了，房子倒塌了下來，我沒另外的房屋，我被扔在一個潮濕的，黑暗的地方，可那個地方，不再是螺殼房子，它像是個地洞……

我在那個鹹澀的沒有一絲光線的地洞裏，待了多少天？我不記得了，也許是六天，也許是七天，也許是十天，也許更多，我跟自己的糞便待在一起，我的身體爛在我的糞便裏。唯一所驚醒我的，是那一籃從地面上遞進來的饅頭，那一籃饅頭，是我的一切，啞巴讓我活著，去無限地接近死亡。我記得那種求生的渴求，淚水乾涸後的失去人性的只要能活著的渴求。

又過去了幾天，一個白日，不知道是上午，還是下午，或是黃昏，我聽見了酒瓶砸落在地的聲音，啞巴喝醉酒了，繼而我聽見他的呼嚕聲，我聽見風在拍打著門，啪嗒啪嗒地，他忘記了綁我，也忘記了關門。就在那一天，我逃離了那間房子。帶著滿身的血痕，和傷疤。

我看見颱風快要降臨到這個海邊小鎮。

我看見天空布滿了颱風雨降落前的大塊烏雲。

我重新走在石頭鎮的鋪滿青石塊的小巷裏，我重新看見潮汐來來往往的大海，可我像是個陌生人，或者說，我那時候的樣子對於這個地方來說是個陌生人，我走啊走，從海灘走回倭寇巷，走到一線天的巷道裏，我才漸漸恢復了記憶，我漸漸認出了這個地方，這片海洋。可是，大海，你還認識我嗎，你還認識那個赤腳的七歲女孩嗎？如果你還接受我，一個身上布滿淤傷的女孩，一個從地洞中爬出來的女孩，如果你還像以前一樣要我，讓我沉默的在沙灘邊走來走去，讓我依然像往日一樣看著你，看著你的日出日落，看著那些綿長的沒有織完的漁網，看著黑色的海塗上種著的墨綠色的海帶，大海，我一輩子都不會離開你，直到我像祖母那麼蒼老，那麼佝僂。

海啊，潮汐啊，海灘邊的礁石，以及石頭縫裏的海卵，還有那些爬行的岩蟹，你們聽見我說的話了嗎？求你們聽到，眞的，除了你們，我不會把我的故事告訴這個世界的任何一個人，包括祖母，不會，而我，只要跟你們在一起，只有海，只有潮汐，沒有傷害，沒有死亡，只有一種永遠的存在……

9

在每年最熱和最冷的季節，北京都會出現大流感。這個夏天，我被流感擊倒了。我的流感或許來自那些有著流感菌的手生產的速凍餃子，或許來自那些街頭小攤上沾染了流感菌的西瓜，或許來自那些有著流感的手撫摩的錄像帶。總之我躺在床上發燒，噁心。為了不至於丟掉這份工作，朱子不得不替我去店裏租錄像帶。

為了防止朱子出現錯誤，我把租賃的價錢寫在紙上：

錄像帶：一天兩塊，押金二十，半天按一天算。

光盤類：港台片一天兩塊押金二十塊。外片一天三塊押金二十塊。

卡拉OK類：一天兩塊押金二十。

朱子身上帶著這張價目表，臨去上班之前，他很仔細地刷牙，刮鬍子，換了件乾淨襯衫。

朱子走後，我吃了幾片感冒藥，又沉沉地入睡了，做了些胡亂的夢，夢見什麼都忘了，只記得一些抽象的臉進出夢的現實裏。但確切地記得夢裏有隻貓在叫。

醒來時，果眞聽到貓叫，在不遠也不近的地方，我懷疑因爲發燒出現了幻聽，但過了一兩分鐘，我確定貓叫聲來自陽台，那個照不到陽光的陽台。

我起來，摸向那扔滿了舊報紙和兩盆死植物的陽台，就在那兒，報紙堆裏，一隻金黃色的小貓，蜷縮在地上低低叫喚。哪來的貓？我奇怪得很。正是頭疼腦脹的時候，想了半天也不知道貓是從哪兒鑽進來的。

當我把貓抱起，準備抱到房間裏時，我抱貓的姿勢，一下子就聯想起來了那個穿緊身豹紋裙的鬈髮女人胸口抱著的貓。這不是樓上的貓麼？樓上那個金色鬈髮女人的貓麼？怎麼跑到我家陽台上了？

我這樣想著，確定那隻貓是掉下來的，從二樓的窗口墜落下來。看看貓的身體，摸摸腦袋，翻起它的腳爪看看，沒有什麼地方受傷的。於是，我穿上衣服，決定把貓還給樓上，儘管今天一整天，我都還沒聽到那個女人在家的跳舞聲，電話鈴聲。

我敲敲門，門裏毫無回音，這時我才發現門口裝了個紅色的門鈴，我索性連續按了幾下門鈴。裏頭叮叮咚咚了幾聲，我想那個女主人還沒回來吧，正準備抱著貓下樓，忽然聽得屋子裏傳來輪子滾動的聲音，準確地說，是車軲轆滾動的聲音，門打開了，並不是那個妖豔的緊身豹紋裙女人，而是一個面色無光的中年男人，坐在輪椅上，充滿敵意地看著我。

他的下身是殘廢的？或者，只是小腿萎縮？

我的眼睛迅速地往門裏的世界瞟了一眼，牆壁正中，一張紅色調的婚紗照，金髮女人披著白色婚紗幸福地依偎在輪椅上的男人身邊，照片上的男人打了個黑色領結，但明顯比這會兒在輪椅上有精神多了，照片上沒有反映他的下半身。這麼說，他是她的丈夫了，怎麼從來都不知道她有丈夫？

輪椅上的男人不算太中年，也就三十多歲的樣子。只是看起來有些疲憊。

「對不起，是你們家的貓嗎？」

我趕緊把貓遞了進去。

輪椅上的男人不說話，只是一把接過貓。

「掉在我家陽台上了。」我手指往下指了指。

貓已經通過他的手，噗通一聲跳到了地上，轉眼跑進了房間裏。輪椅男人連一句道謝都沒有地關上了門。

我愣在門外。

等我再次昏睡醒來的時候，看看窗，太陽光早就無影無蹤了，暮色沉沉地，顯然我已經錯過下午四點四十五分的最後的太陽，聽見大樓裏的人陸陸續續下班回家的聲音，接著，整幢大樓像馬達一樣運動起來了，油鍋裏的炒菜聲，女人的嘮叨聲，上樓的聲音，天花板上玩電子跳舞毯的踩踏聲，網球或是足球掉在地上骨碌骨碌的滾動聲，水管裏的水壓聲，抽水馬桶的上水聲，電梯門打開又合上的聲音，多重聲部奏響了，就像一個指揮家站在大樓跟前揮著指揮棒，直到整個大樓出現統一的七點鐘的新聞聯播的主題音樂時，朱子回來了。他又拎著兩袋速凍水餃，只是比往常多了兩三個蘋果和一排香蕉。

「怎麼樣？在錄像店裏煩嗎？」我這才想起朱子替我去頂班了。

「還好。」朱子撇了撇嘴：「沒什麼事做。閒得慌，一直看片名。」

「怎麼看？」

「從架子第一層看到最後一層，然後又從最後一層看到第一層。閉著眼背，滿滿一個牆壁的，背了我好半天。」

「有顧客嗎？」

「你問對了。我正要告訴你一件事呢，你猜都猜不到的。你知道今天誰來店裏了？」

我茫然地搖頭。

「樓上那個女的！」

「那個金色大鬈髮？」

「對。你猜她租什麼片子？租香港的三級片！兩盤！親手從我手上給她找出來的！」

「三級片？」

「她到底是什麼樣的人啊？」我迷惑起來。

「不知道……」朱子思忖著，又想起什麼來：「她一出門，你知道她又去了哪兒嗎？她直接往左拐進隔壁的成人藥品商店了。」

「買什麼藥呢？」

「我又沒跟進去看她買什麼藥。但你說，成人用品商店，能買什麼藥？」

她是有勇氣的人吧。

「或許她是職業的。」朱子終於說。

我搖搖頭。

「我今天見著她丈夫了。」我指指頭：「坐在輪椅上，好像殘廢了。」

「她有丈夫啊？」朱子很吃驚。「下半身殘廢？」

「她應該是個運氣不好的人吧。」

說罷，我們倆同時抬頭看天花板，似乎這樣看，就能看穿天花板上的秘密。

或許，那個妖豔的風情女子，那個穿緊身低胸豹紋裙、燙著鬈髮、染著金髮的女子，竟是個好妻子呢？她所招的男人，她所租到的錄像片，可能是爲了挽救一個幾乎喪失了性功能的丈夫的健康呢！

「你說，我們這幢樓裏住了多少戶人家？」

「一百戶？不對，可能有三百戶？」

「就說最少三百戶吧，那平均每戶住三個人，這樓裏一共住了多少人？」

「有一千人吧。」我不知道朱子爲什麼忽然要算數學。

「對，一千人，有一千人每天壓在我們頭頂。」

朱子剛說完話，我們就聽到了頭頂的天花板一陣驚天動地。什麼東西「嘩」地倒在地上了，我想或許是那張輪椅，或許是坐在輪椅上的那個男人吧。

10

在我消失在啞巴的地窖裏的那些日子，祖母的頭髮徹底白了。

她一直是花白的頭髮，確切地說，是灰色，用一根銀簪子把灰白頭髮盤在腦後。當我逃離啞巴的房子回到家後，我看到祖母一頭雪白的頭髮。像一個瘋了的老女人。

她找遍所有的地方。

她覺得我被海邊的閻羅王帶走了。

可是閻羅王不帶走叫阿狗的小孩。

閻羅王不帶走命苦的小孩。

她覺得我變成了命中注定的我的父親，有一天從石頭鎮消失了，從此再也不會回來，

她也覺得過世的祖父在陰間發狠，把我召喚走了，帶走了她唯一的指望。

她覺得她上輩子肯定是犯了錯，這輩子遭罪孽。

她見到我時，只是一個勁地說：

閻羅王不要你，閻羅王不要你。

我變成了個啞巴，我什麼都沒說。我知道只要我張開嘴，羞恥，這個可怕的魔鬼將我把吞沒。

我抱著祖母的身體，我哭了。我的祖母也哭了。她的身體多麼孱弱啊，她的身體多麼瘦小啊。

我相信報應。因爲石頭鎮告訴我每個人都是有報應的。

我也看到報應。啞巴死了。

啞巴死了，在那一年的最強勁的颱風裏死的。

颱風掀掉了他家的屋頂，房子倒了下來，連同他年老的父親和母親，一起被壓在了瓦片底下，死得很慘。那一次的颱風還死了好幾家人，石頭鎮東邊沿海的靠著山腳的房子，都塌了。颱風過後，左鄰右舍十幾個男人在倒塌的梁柱下挖屍體，挖了一整天，挖出來六七個屍體。

人們對著屍體談論了好幾天，當颱風季過去的時候，人們也不再談論這些屍體了。

啞巴的死，在石頭鎮並沒有留下更多的話題。

每次當我經過啞巴曾經住過的那條街巷時，我總是怔怔地站在那兒，我看著倒塌的石板和瓦片依然橫陳在地上，我感到迷茫。我感到無所適從。這個我每天盼著他死去的人，有一天，被埋在了瓦礫堆裏，死了，像任何有罪孽的人死去一樣，獲得了活著的人的悲憫。

我自由地在海邊走來走去，我自由地在倭寇巷蕩來蕩去，再也沒有人追逐我，威脅我，強迫我。可是忽然我不知道我應該去向哪兒，我不知道我每天應該做什麼。我跟著祖母，在山頭的媽祖廟裏晃來晃去，看著祖母在燒香，看著她幾個小時地念經，她的聲音裏在敲木魚的千篇一律的聲音裏，迴盪在媽祖廟的上空。我無處可去，我無願可求，生命是那麼地寂寞啊。生命寂寞得像孤獨的一根草長在荒蕪而焦黃的山頭。

11

如果朱子不去玩飛盤，如果我不去錄像店，如果我們都不想待在二十五層大樓的一樓，我們就去動物園。

動物園是我們倆共同喜歡的地方，只要我們不快樂了，或者是吵架了，我們就去動物園，去看比我們更不快樂的動物們。

我和朱子分別在早上、中午、下午，和晚上的時間去過動物園，也分別在春天、夏天、秋天、冬天的季節裏去探望那些可憐的動物。我們不買票，因爲我們說我們不是遊客。我們只是吵了架的兩個人。每一次，我們都想辦法偷偷從紫竹園公園旁邊的一條隱蔽的小道進去，穿過一片不爲人知的小山丘，從斜坡爬下去，我們就直接來到了老虎洞旁邊。當然，我們跟老虎隔著鐵柵欄。有時，老虎洞旁邊剛好有飼養員伸著根鐵竿子在往裏扔肉塊，或者有獸醫在給老虎餵藥，我們就從跟動物園一牆之隔的莫斯科餐廳旁的柵欄翻進去，總之我們想辦法，不要像春遊的小孩子們一樣，排隊在動物園大門口買票。

而每次我們吵完架進動物園，都覺得那些動物們看起來比往常更寂寞，不僅寂寞，而且像行屍走肉般無所事事，因爲他們餓的時候，馬上會有飼養員給它們扔進來肉塊或是調配好的粉食，飼養員認爲讓動物餓著是一件很危險的事，尤其當小孩靠近它們的時候，所以它們過著衣來伸手飯來張口的生活，它們幾乎都忘記了以前它們的祖先都是出門捕獵爲生的，現在它們卻住在人類爲它們建造的家裏，冷了或是熱了，都用不著它們自己想辦法，管理員會幫他們調節溫度。它們活著沒什麼競爭感，我看出來它們是毫不情願地扮演著被豢養的角色。在它們身邊，儘管有著假模假式的大自然，飄著漂白粉味道的湖水和從遠方運來的岩石，以及各種被遷移來的樹木，可是它們依然無所適從，它們待在各自的大小尺寸不同的囚籠裏寂寞的鳴叫，有時，它們連鳴叫都沒有興趣了。它們只是困倦地抬著眼皮，看著對它們有十足好奇的人類。

看著這個世界充滿著比我們可憐得多的動物，我跟朱子便決定不再吵架。好好地在一起吧。好好地在一起吧。至少我們身邊沒有那摸得著的鐵籠子。

有時，周末不上班的時候，有時，連架都沒得可吵的時候。我跟朱子一整天都坐在動物園的石頭椅子上，喝著汽水打量著它們。我們發現大象，長頸鹿們，松鼠，還有那些水鴨，海豚在每個時間段都有不同的表現。比如說，夏天中午的時候，整個動物園靜悄悄的，像是個肉包子蒸籠，四周死悶死悶地，像是隱藏著各種殺機。所有的動物都在懨懨欲睡，陽光耀眼，空氣悶熱，老虎躲進了老虎洞，獅子藏在山石下，只將它們喉管裏的咕嚕聲從陰涼的山洞中散發出來。猴子不再翻來覆去地攀緣，而是棲息在茂密的枝葉上裝斯文。平時雙眼圓睜，以速度著稱的豹子這會兒像是個蔫柿子，張開嘴吼一聲卻像是個氣管炎的老頭有痰的咳嗽。酷熱讓動物都得了老年癡呆症。而到了秋天的早晨，整個動物園生氣盎然，各種聲息此起彼伏，就像是傳送接力棍，接力棍先是從氣勢軒昂的老虎山洞那邊開始，老虎咆哮完了後是獅子，獅子的吼聲感染了水牛和蟾蜍，整片池塘頓時沸騰起來了，連林中的孔雀都一天開個三五次屏的。在動物園裏，我和朱子才發現自己的身分，才發現自己是人類。就是說，我們兩個，是動物園裏的人。

可我們形隻影單，是動物園裏的弱勢。

可惜動物園裏沒有海洋生物，動物園裏沒有我石頭鎮大海裏的魚類，動物園裏沒有任何風浪和險情，沒有海星，沒有鰻魚，沒有佛手，沒有鯊魚，沒有海卵，沒有站在岸邊大聲哭泣的插梔子花的漁婦，更沒有被風搧破了帆的舢板。

我和朱子轉到猴子樹前，一隻母猴子和一隻小猴子，母猴子在給小猴子抓蝨子。不知怎麼地，我想起海星來。我喜歡海星，特別是那種色彩漂亮的橙紅色大海星，我崇拜海星。海星表面上看起來優雅美麗，實則暗藏殺機。當海潮退去的時候，海星常會從沙灘上冒出來，小小的像一朵花。海星是一個美麗的大騙子，難以想像這麼可愛的東西，能追殺堅硬的貝殼，它吞吃很多東西，它大量吞噬蛤蜊，吞吃各種貝殼裏的柔軟身體，它還吃小魚，而且也吃下自己的兒子孫子，甚至是父母長輩，統統從它的星狀的吸盤裏吞下。海星是沒有情感的，它只有吞噬生命的本能，它吃所有比它弱小的魚類。海星就是一種六親不認的生物。這一點正是我想達到的堅硬人格，我，蔣珊紅，從祖父叫我小名「阿狗」的那天起，我想我的夢想就是變成那隻橙紅色的大海星，沒有感情，沒有記憶，沒有痛苦。即使有痛苦，也能像海星吞吃自己同類一樣統統吞下。

我瞭解海星，就像瞭解石頭鎮一樣。

海星永遠是完整的，即使它曾經被撕得支離破碎。因爲海星是棘皮動物，所以有很強的再生力。海星的任何一個手腕，就是那個五角星的五個邊，它任何一個邊脫落後都可以再生，而不像人那樣，斷了胳膊斷了腿就成了殘廢，遭到社會歧視。而且，海星的各邊手腕裏的各個器官也能再生，如果海底的一條大魚咬住海星的一個腕，馬上被吃的這個手腕會跟身體內的體盤連接處斷裂，海星就給饑餓的大鯊魚留下一隻小胳膊，自己

10550

台北市南京東路四段25號11樓

大塊文化出版股份有限公司 收

廣告回信
台灣北區郵政管理局登記證
北台字第10227號

地址：

市 縣

鄉／鎮 市／區

路 街

段

巷

弄

號

樓

（請寫郵遞區號）

帶著另外四隻胳膊逃跑了。

通過頑強的再生，海星永遠是完整的，直到死，都是體面的，優雅的。人要是能像海星那樣就好了。

我這樣癡癡想著，忽然聽得朱子說：

「我們養條狗吧。」

我搖搖頭。

「怕什麼，狗又不是小孩。」

「還是麻煩。」

「活著本來就是麻煩。」

我還是搖搖頭。

「養條狗你就不孤獨了。」

「我們家沒有地方給狗住。」

「這倒也是。那貓怎麼樣？貓不喜歡出門。」

「不行，貓陰得很。像個女人。」

「多個女人在這間房子裏陪你也不錯啊。」

「爲什麼非要養個動物呢？我不想養任何東西。」

「爲什麼不想？」

「因爲太麻煩了。」

「可是它們不僅是麻煩，它們也陪你玩。」

「是我陪它們玩。」

沉默了一會兒。我說：

「我不需要它們。」

「你只愛自己。」

「我也愛你。」

我猶豫地說。我說出這句話來，忽然感到一種深深的自責。

「你不懂愛。」

朱子悵然若失地說。

柏樹上的母猴和小猴，坐在枝杈間，不再攀緣。母猴給小猴抓蝨子，抓到的蝨子被多毛的受臂放進母猴的嘴裏。她吃了他的蝨子。這是一種愛，還是一種饑餓？

「你說你愛我，可是我感覺不到。」

朱子的目光掠過那兩隻猴子。風在柏樹的枝杈間蕩漾。猴子們攀緣著，盪過樹杈，走了。

12

我總是盼望老瘸海生能跟我說句話。

我總是盼望老瘸海生能從車站的售票窗裏走出來。

可是老瘸海生就像是長在了石頭鎮的車站裏。就像有一根無形的線連著他的上身，連到桌上的一張張車票，再連到他坐的那把斷了線的藤椅，再連到他的大腿，最後連到那停泊在車站裏的三輛麵包車。

他像是一座佛一樣，每天每個小時每一分鐘每一秒鐘地保衛著車站。

就有那麼一回，老瘸海生從車站的小房子裏出來了，不是爲了出車，也不是爲了檢票，更不是爲了鎖車站的大門，就是因爲看見我了，看見我在車站門邊溜來溜去，一個人，膽怯的，卻又希望著什麼。

老瘸海生從賣車票的小房子裏抬起頭，隔著掛滿了土的玻璃窗看見了我，他一定看出來我很想跟他說話吧，他放下手裏的藍色的帳簿，紅色的印戳，一瘸一瘸地走出來，他走向我。他讓我跟他坐在剪票口的石階梯上，三輛麵包車就整整齊齊地停在我們眼前。這是老瘸海生掌管的王國。

這一次，我總算高興起來。

「阿狗，你就叫阿狗嗎？總有個名字吧？」

「珊紅。」

「蔣珊紅？」

我點點頭。

「比叫阿狗好聽多了。」

我終於笑了起來，終於有一個人生平第一次對我說了一句那麼好的話。我感到那麼高興。可是忽然我又鼻子發酸，我難過起來，我難過地快哭了。眼淚在我的眼眶裏打轉，可我不要讓老瘸海生看見我哭，我不要讓老瘸海生看見我難看的樣子。

「你爺爺叫蔣明風。」

我低下了頭，不說話。

「你爸爸叫蔣清林。」

我抬起頭來看著老瘸海生，我對他剛才提到的這個名字完全是陌生的。

「可惜……」老瘸海生歎了口氣。我知道他爲什麼歎氣。

「不過，命苦的人，命也硬。」他又說。

我不知道老瘸海生是說我命苦，還是在說我父親，也許他在說自己呢，因爲老瘸海生一條腿瘸了，走路時他會痛嗎？

「你知道不？珊紅？你命苦，可是以後你的命比誰都硬。」

以後我的命比誰都硬？

三輛沾滿土的麵包車靜靜地排在那兒，爲什麼沒有人上這些車呢？爲什麼別人不想上這些車呢？我可是做夢都想上其中一輛車，遠遠地走。越遠越好。

「這些車開到哪兒去？」我終於忍不住地問了。

「山那頭。」老瘸海生一抬手，指向與大海相反的方向，他的手抬得那麼高，那麼虛空，像是指向一個無窮遠的地方。「路不好，要穿山洞，穿很長的幾截山洞，才能穿出鎮子。」

「很長的山洞？有多長呢？」

「呃，很長很長。才通了一半，每天都有人在鑿山洞，以後要是鑿好了，就方便多了。」

我抬頭看向老瘸海生手指的方向，那兒，黑壓壓的一片山坳。那個方向是我祖母年輕時從娘家一路走到石頭鎮的地方。

「現在山道上都是鑿山洞掉下來的岩石塊，車子開不出去。我也閒著。也好，跟你說說話。」

我不說話了。

我眞希望山洞快一點鑿好。車子能開出去……

看我不說話了，老瘸海生在想什麼。

我想他在想怎麼逗我高興起來。

「你知道這兒爲什麼叫石頭鎭嗎？」

「爲什麼？因爲有很多石頭。」

「不對，原來這兒沒有石頭。」

我好奇起來。石頭鎭怎麼會沒有石頭呢？

「你聽說過煮海治龍王的故事嗎？」

我搖搖頭。

「你奶奶沒告訴你這個故事？」

「奶奶不是這兒的人。」

老瘸海生點點頭。

「其實，這個地方原來不叫石頭鎭，叫水窪塘，靠著海，只有幾戶人家，東海龍王管著水窪塘。可水窪塘的日子沒法過，颱風和潮水把那兒沖成了一片水窪，種田淹田，駕船翻船的。後來就有一個人跳出來，要煮海治龍王。」老癟海生開始慢慢跟我說起石頭鎮的傳說來。

「以前，人人都說水窪塘地下有金子，所以總是有貪心的人，不怕死地搬到這兒來住。可人貪心，東海龍王比人還貪心，想把這片土地淹掉了，就可以獨佔地下的金子。所以龍王就一天到晚興風作浪的，住在水窪塘的人都活不下去，可又惦記著地下的金子，不願意離開。在海塘附近，有座紡花山，山上有個紡花仙女，她看見地上這副樣子，就想要拯救水窪塘的百姓。於是紡花仙女就用金線紡了七七四十九天，終於織出一副九九八十一斤重的金漁網。她帶著金漁網來到水窪塘，她跟百姓說，我送給你們一副金漁網，你們得派出一個人下海去鬥龍王。可是水窪塘的人們都是貪生怕死的貪財鬼，根本不敢下海，最後只有一個七八歲的小孩跳出來，那個小孩，叫什麼呢，暫時就叫作海娃吧，海娃還穿著開襠褲，他拍著胸脯說，他要下海去！大家都看傻了。可是紡花仙女卻樂呵呵地說，你是這個地方的真海娃，我把金漁網送給你。那個小孩子一拿到金漁網，按照紡花仙女的囑咐，站在海邊喊了聲『大！』果真，他身上的肌肉一塊塊鼓了起來，越變越大，一下子，他就變成了個力大無窮頂天立地的巨人。結果，巨人海娃輕輕舉起九九八十一斤重的金漁網，一把撒向海裏，沒想到就套住了東海龍王的護寶將軍狗鰻精。海娃知道狗鰻精掌管著治理東海的煮海鍋，於是海娃喊一聲『小！』金漁網果眞變得越來越小，狗鰻精被捆得受不了，只好乖乖地投降，在海娃的扣押下，去東海龍宮的百寶箱裏找出煮海鍋來，交給海娃。海娃拿到煮海鍋，很是高興，就按照紡花仙女的指點，在海邊支起那個煮海鍋來，他先是舀來一勺東海水，燒旺一堆乾柴火，噼里啪啦地煮了起來！煮呀，煮呀，一炷香過去了，煮得海水直冒熱氣，二炷香過去了，煮得海水變成了火紅色，三炷香過去了，煮得東海龍王老老實實地浮出了海面，後面跟著一幫快要烤焦的蝦兵蟹將，直喊饒命。海娃跟龍王說，退潮還地，降風息浪，否則我再煮，煮爛你這個龍王！龍王只好答應，馬上平息風浪，頃刻，暴雨停了，颱風也歇息了，太陽出來，海面上風平浪靜，水窪塘的土地也露了出來，長出了綠色的禾苗。這下，站在岸邊觀望的百姓們都拍手叫喊，於是海娃就端開煮海鍋，熄了火。沒想到龍王一見熄了火就捲土重來，一個浪頭，將煮海鍋捲進海底，再也無影無蹤，水窪塘頃刻間又變回了一個風浪無邊的苦海。這下海娃急了，怎麼辦？他急得一跺腳，這一腳非同小可，跺得整個水窪塘地動山搖的！結果，所有埋在地底下的金子，全給海娃跺了出來！大家一看滿眼的金子，都紛紛撲上去要金子，哪知道，金子落地，竟然變作了一塊塊齊齊整整的大石頭，高高地築在了水窪塘的四周，任憑潮湧浪捲，石頭牆紋絲不動，護衛著這個地方。從此以後，大家知道地下的金子全變成了地上的石頭，也就死了發財心，於是決定老老實實打魚過日子，不再企求其他。人們就在石頭岸石頭牆的保護下住了下來，生兒育女，漸漸形成一個不小的鎮子，從此以後，這兒就改名叫作石頭鎮……」

那個石頭鎮車站的下午，老瘸海生講了那麼多，那麼長，直講到太陽快要斜山坡了，直講到我聽見祖母的長長的呼喊聲：

阿狗，阿狗啊，轉窩裏咀飯啊——。

from

大塊文化 LOCUS

Future · Adventure · Culture

「經濟自然學」：以生物學自然觀察的敘述方式，來解讀經濟學原理，也就是將經濟學觀念用故事的敘述方式呈現，並在日常生活中活用落實。

137種
日常生活經濟法則

- 為什麼牛奶多以長方形容器出售，而一般飲料容器則為圓柱形？
- 為何硬幣的人頭像多為側面，而紙鈔則是正面肖像？
- 為什麼女性願意忍受穿高跟鞋的不舒服？
- 為什麼高速公路北上車道發生車禍，分隔島對面的南下車道也會塞車？
- 為什麼開車可以吃漢堡或喝咖啡，講手機卻違法？

經濟自然學

自然學經濟

為什麼經濟學可以解釋幾乎所有的事物

The Economic Naturalist

In Search of Explanations for Everyday Enigmas

經濟自然學家
Robert H. Frank 著
李明 譯

西雅圖妙記4

西雅圖日子一刻不得閒，唯靠主婦妙手一雙
暢銷作品《交換日記》作者之一的妙妙又有新作品囉

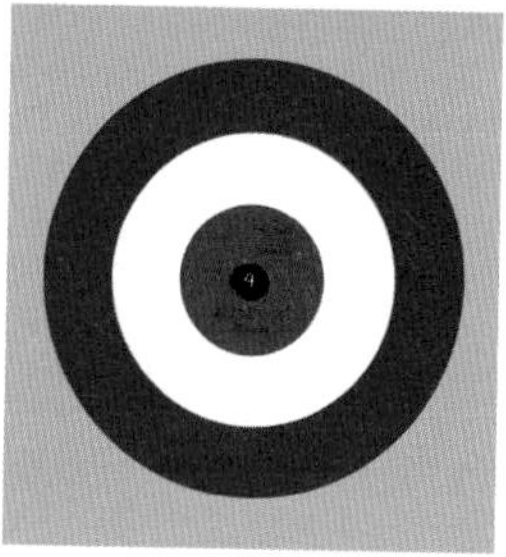

凡事自己動手做的張妙如平日除了寫稿趕稿，家中家務也沒少做——修完池塘修馬桶，修完馬桶修樓梯，就連出國旅遊都忍不住幫人手工縫補裙子，還趁機偷偷修好了別人家的沙發……

由於工作狂老公連週末都在加班，賢慧的太太帶了老骨董縫紉機陪老公加班，縫紉機「飆車」的怒吼聲跟老公打字鍵盤聲，簡直就像是另類情歌對唱。

因爲姊姊來西雅圖玩，所以在這一集中，不愛拍照的張妙如也被拍下許多照片，而她一直感到哀怨的扁頭（頭頂及腦杓近90度）的照片，也因此曝光囉！

作者
張妙如

具備漫畫家身分的作家，擅用圖文書寫的方式自由揮灑，1998年與徐玫怡兩人首度以《交換日記》手寫體而大受喜愛，並引起廣大迴響，因而開啓兩人聯手交換日記的合作創作，歷經多年而不衰；至今兩人已共寫11本交換日記，並有延伸週邊商品小錢包、T恤等。

自從遠嫁西雅圖之後，她用漫畫家的角度詮釋一名台灣女子的美國觀察，將在美國的心情以及生活記事，以及她和挪威籍美國先生阿烈得共同經歷的喜怒哀樂寫繪成了《西雅圖妙記》系列。

定價280元

同時推薦

西雅圖妙記1.2.3
每本定價280元

暢銷推薦

新興市場的新世紀

瞭解全球最火熱之新興市場的投資聖經
台積電董事長張忠謀與宏達電執行長周永明等人聯合推薦

高瞻遠矚的國際投資經理人范艾格特梅爾——也就是創造「新興市場」一詞的先驅者——透過這本不容世人忽視的書，揭開了世界經濟新勢力團體的面紗。他表明世界的重心已然朝向新興經濟體傾斜。而新興市場的崛起，也意味著全球經濟權力出現工業革命以來的最大變動。在這個地震般的巨變裡，競爭挑戰和投資風險都劇烈轉變，不過，也有很多新機會正等待著能警覺到變化的人。今日的全球經濟環境正歷經著一股巨大的變化，對於想了解這個變革的眞正重要性的人，以及正準備涉入其中參與投資的人而言，《新興市場的新世紀》不僅令人讚嘆，更是非讀不可。

作者　安東尼．范艾格特梅爾（Antoine van Agtmael）
定價480元

永遠的林青霞

林青霞第一次完整揭露自我從影歷程
遍訪與林青霞好友及台港影人
收錄近80幀精采照片，隨書附贈林青霞典藏對開海報

1973年的《窗外》初試啼聲，令人驚豔。離開校園不久的林青霞成爲七〇年代文藝片最佳女主角。八〇年代移居香港，林青霞陸續和張叔平、成龍、區丁平、許鞍華、嚴浩等優秀影人合作，演出多部代表性作品。成就「林青霞」這個在華人世界發光的名字，不只是美麗，還有努力。作者多次採訪林青霞本人，並採訪林青霞的好友及港台影人陶敏明、張國榮、宋存壽、郁正春、瓊瑤、金燕玲、徐克夫婦、楊凡、張叔平、賴聲川、于仁泰、杜可風、許鞍華、嚴浩、王晶、焦雄屏等。書中收錄近80幀精采照片，可謂完整呈現林青霞從影生涯心路歷程的第一本書。

作者　鉄屋彰子（Akiko Tetsuya）
定價450元

13

一天上午，還是晨光熹微的時分，朱子睡意朦朧的去洗手間，發現下水道堵塞了，抽水馬桶水下不去，他用了各種工具都不能使水流進那個偉大的漩渦裏去。於是，馬桶裏的水慢慢地從馬桶邊沿溢了出來，洗手間頓時變成了個沼澤地，等朱子慌張地蹚著水出來，整個屋子都飄散著一股難聞的氣味，這時我們開始慶幸我們的便水不會影響到樓下一層，因爲我們住一層。看來，住在一幢大樓的一層，也不是沒有好處的。對於下水道堵塞這個事件，朱子認爲這完全不是我們自己的過錯，他承認他往馬桶裏扔過菸頭，然而他認爲一百個菸頭也不會使下水道堵塞，我呢，我承認我往馬桶裏丟過頭髮絲，就是每天洗澡掉的一小捲頭髮，可是我也不認爲頭髮絲能夠密封下水道，最後我們一致認爲這是我們住一樓的緣故，這樁事件應該是由我們頭頂的一千多位住戶集體造成的，我們和他們共用一個下水道管，他們在我們頭頂熱熱鬧鬧地吃喝拉撒，而我們，只是住一層的可憐的受害者。

朱子氣惱地光著下身，拎著拖把進入洗手間的沼澤地，用拖把往一個臉盆裏汲水，可是這不能解決下水道堵塞的本質問題，於是他穿上外套去找大樓的下水道修理工。我呢，我往洗手間和臥室噴了幾遍的空氣清新劑，也不願意在臭氣烘烘的房間裏待著，於是在廚房裏刷了刷牙，去隔壁的超市買牛奶。

當我走出門，經過在一樓樓道裏的信箱時，我順勢往裏面掏了一下，竟然掏出一張包裹單來，上面分明寫著我的門牌號，我的名字，包裹單上的寄件人一欄裏塡寫了石頭鎮的地名，郵改編碼，可在寄件人姓名和街道名的幾個字上，卻是模糊不堪，幾乎剩下一團影印的黑墨，我把那張包裹單對著太陽光，可仍然無從辨認那個姓名。最後我放棄了，那是什麼東西呢?在打印「內裝何物」的一欄裏，寫了「食物」二字。我滿腹狐疑地看著那張包裹單，小心地把它揣在了口袋裏，說實話，我幾乎是等不及去郵局看到石頭鎮匿名的人郵來的「食物」。

我在超市裏買了一大罐三元牌鮮牛奶，根本不多看一眼別的「食物」，就馬上回家。我匆匆穿過一樓樓道，走進自家鐵門，朱子已經清理好了廁所，馬桶堵塞的問題也已經解決，他正對著廁所的空中噴空氣清新劑，然後提了一大袋的垃圾向門口的我迎過來。

「倒楣。這個月下水道堵了三回了。」朱子抱怨著。

「誰讓我們住在底層呢。」我把牛奶放進冰箱。

「差不多生活在水深火熱裏了。」朱子走出鐵門，把垃圾塞進樓道裏的垃圾通道裏。

「明天垃圾通道也得堵了。」朱子回廚房洗手。

「然後煤氣管道也堵了。——」

「接著水龍頭管也堵了……我們眞應該搬家了。」朱子盯著我看。

「可是這兒的房租是最便宜的。」我冷靜地說。

朱子不說話。

「也許，我得找份工作了。」朱子想了想，慢悠悠地說。

我愣了一下。

工作是愚蠢的，這是面前這個男人以前一直說的話。

我不作聲地劃了根火柴，燒上開水，可是我並不想喝咖啡，沖茶，或是煮點什麼吃的，我只掛念著口袋裏的包裹單，我需要盡早知道是什麼人給我寄來什麼「食物」。

我脫下拖鞋，換了涼鞋，我說：「我去郵局了。」

「去幹嗎？」朱子追問了一句，「寄信啊？」

「你什麼時候見過我去郵局寄信啊？」

「要是訂報紙，幫我訂一份下半年的《體壇新聞》。」

「不訂報紙。」

「那你去做什麼？不可能有人給你匯款吧。」

「你就沒想過有人給我寄東西來啊？」

「眞的？」

「呃。」

「誰對你那麼好？」

我匪夷所思地搖搖頭。

「那肯定是什麼音像公司給你們錄像店寄片子。」

「不是。」

「那還有什麼？」

「我也不知道。」說完，我找出個身分證走出了門。

朱子沒有得到任何信息，他也不再關心，我關上門，只聽他在門後又噴了兩次空氣清新劑。

走在郵局的路上，我一路思考，究竟會是什麼人牽掛著我，我腦子裏的人名過了一遍，可是，這些石頭鎭的人們，早已跟我失去聯繫，連唯一的莫老師的信都是幾年前七轉八轉轉到我手裏的，這麼多年過去了，我又搬了幾次家，他們怎麼能知道我現在的住址呢？

到了郵局，我等候在取包裹處，等了差不多五分鐘，才見工作人員從裏面亂七八糟的倉庫裏翻出個白色的大布袋來，「吧嗒」一聲地把沉甸甸的布袋扔在櫃台上。

我捧起這個神秘的布袋，端詳著它，首先把它放在我的鼻子下聞了聞，一股很鹹的魚腥味立即撲鼻而來，這是我記憶中非常熟悉的味道。摸摸布袋，幾乎是潮濕的，我馬上開始猜想裏面的東西了，石頭鎮所有種類的魚的形象——烏賊，鯧魚，黃魚鯗，剝皮魚，帶魚，或者是那些長在淺海邊的有殼生物——佛手，牡蠣，白蟹，對蝦，海紅，這些海洋生物一一閃現在我眼前。我站在取包裹的櫃台前，準備當下就打開包裹。看看開口處，發現是一針一針縫上去的，針腳很粗糙，有的地方幾乎已經裂開口了。我認定這是男人縫出來的，兩排線，興許是怕裂開口才加縫了一圈的吧。

我反反覆覆地看著布袋口的那兩排針線，想像著一個熟悉的人，男人，他站在石頭鎮郵電所的櫃台邊縫針線，我記得那是石頭鎮唯一的一家郵電所，門口每天坐著一個代人寫信的戴眼鏡老人，他的生意不錯，寫字很好看，可是寫得很慢，幾乎是一個字一個字畫出來的。不過他替人寫信的速度，也許剛好配合了那些不會寫字的，表達木訥的，卻又想倒出滿腔心裏話的漁民的說信速度吧。那麼，那個給我寄乾魚鯗的男人，他應該就是站在戴眼鏡的老先生的邊上準備包裹的吧，那兒的桌子上放著一瓶兌了水的，很稀的漿糊，然後還有一團亂七八糟的粗棉線，幾根大頭針，插在一塊又舊又破的海綿上。

那幾根用來縫布袋的大頭針，絕對是彎的。似乎是用力過度，被那些站在郵局裏穿針引線的人一次次地穿彎了。

十幾年過去了，我不知道石頭鎮郵電所的大頭針是不是還是彎的，或者依然是生鏽的，或者早就換上了新的針？

我跟賣郵票的櫃台借了把剪刀，拆了，布袋裏是個黑色塑料袋，拆開黑色塑料袋，一隻巨大的鰻魚鯗露了出來。那麼巨大，這條鰻魚活著時應該是條精。鰻魚鯗是兩邊剖開的，雖然是撒上鹽風乾了的，可還是看得出來，這是一條來自東海深海地帶的超大海鰻魚。

打量了鰻魚鯗足足有三分鐘，是誰寄給我的？爲什麼要寄給我？怎麼能知道我的地址的？我盯著鰻魚眼睛，鰻魚眼睛盯著我。忽然，我感覺到害怕。

郵局寄取包裹處的櫃台一直人來人往，每個人拎著包裹來，或是取了箱子而去，可當大家看到我手裏捧著個兩面剖開的巨大乾鰻魚時，都驚呆了，有人還專門過來伸出食指往乾鰻魚的腦袋上敲了敲，以此證明他所看到的不是一個木頭製品。就這樣，我滿腹疑慮地把這個散發著腥味的大傢伙挪回已經破了的包裹裏，兩手小心地抱著，像抱著個剛出生的嬰兒，一路思緒不斷地走回家。

扔在桌子上的乾鰻魚鯗讓朱子嚇了一大跳。

朱子幾乎不認識這是條什麼怪魚，也不明白這麼巨型的魚爲什麼被撒鹽風乾了，他直愣愣地盯了這條鰻魚鯗半分鐘以後，接下來，他馬上無法忍受滿屋子的魚腥味，一個箭步奔到窗邊把窗戶統統打開。老實說，我們在這個房間裏住了那麼久，我還從來沒打開過所有的窗戶呢。開窗不夠，朱子又跑到大門邊，一把拉開了大門，這下，整個屋子像是個關閉了許久的內衣店似的，完全向路過走廊的鄰居們開放了。

頓時，穿堂風從裏面的窗戶到外頭的大門，又從大門穿過窗戶，屋子裏那些掛著的東西，馬上飄飄蕩蕩起來，像是碰到了浪頭的船，在海面上左右搖晃，只有那條巨大的乾鰻魚鯗沉甸甸地待在桌子上，紋絲不動。這副景象，令我愣在屋子中央，不知所措。我看看朱子，朱子滿臉嚴肅，他再次抽抽鼻子，聞了聞房間裏的味，然後一個箭步奔到廁所裏，拿出一瓶廁所裏專用的空氣清新劑來，往客廳的空中使勁噴了幾下。這下，我沒法忍受空氣清新劑的味道了，說是空氣清新劑，還不如說是殺菌藥呢，這股味道能把地板縫裏的蟑螂都薰死了。

門大開著，已經聽見鄰居經過房門時，那遲疑而好奇的腳步聲，我既然不好意思探出頭去看是誰，那腳步聲終歸也不好意思多停留，不一會兒就遠去了，可是，沒過多久，噠，噠，噠，那些腳步聲像蒼蠅嗅到腐味一樣，堅定地又回來了。

我遲疑著是不是過去把門關上，可看看朱子，他像是還沒結束這場驅逐魚腥味的戰鬥，表情仍然莊重，他坐在沙發上，把雙腿擱在咖啡桌邊，他的腿和鰻魚鯗的距離也差不了幾毫米，音響裏放著爵士，BILLIE HOLIDAY 軟塌塌地唱著 I'm a fool to want you，就像是來自乾鰻魚鯗的自嘲，就像是乾鰻魚鯗靈魂依附在了 BILLIE HOLIDAY 的嗓子上，整個房間的家具都被包裹在這個奇怪的情境裏，朱子兩眼發直，對著這個大東西發呆。

打量了鰻魚鯗足足有五分鐘，他才想起一些該問的問題。

「誰給你寄這大傢伙過來？」

「不知道。」

「不知道？」

「對，我也在想會是誰呢？」

「包裹單上面沒有名字嗎？」

「看不清。」

「再好好看看。」

「不行，鋼筆墨水化開了，只是稀里糊塗的一片墨水印。」

「那你猜誰會給你寄這個東西呢？」

「猜不出來呢。」

「那幹嘛非得寄這個又鹹又腥的東西呢？」

「我也不知道。」

這種永遠沒結果的對話，使得朱子對於寄件人的身分已經失去了信心，眼下，他著急的是該如何處理這個東西。

他站了起來，把大魚鯗拎到廚房裏去。然後繫上圍裙，拿起刀，把魚鯗放在案板上，準備大幹一場。但是，朱子眞是毫無經驗，魚鯗太大，根本不可能放在案板上來處理，那是應該直接放在地上，然後一腳踩著尾巴一手拿刀同時使勁用刀剁的一種刀法。

「砰」地一聲，朱子奮力一刀下去，魚鯗騰空飛起，然後完好無損地落在了水槽裏。

「別切了，切不動的。是風乾的。得泡軟了才能切。」我趕忙過去勸阻。

朱子不聽我的，還想再試一試，我極力耐心地看他剁第二刀，果然，他失敗了，案板震落在地，魚鯗卻毫髮未傷。朱子氣餒地放下菜刀，摘下圍裙，拿肥皂洗了洗手。

那條大鰻魚鯗還是很威風地躺在廚房裏。

「那我們怎麼辦？」朱子發愁起來。

「什麼怎麼辦？它是食物！是個好東西，我們能吃的！」

「怎麼吃啊？」

「想辦法切成塊，煮了吃啊。很香的。」

「真難想像我的嘴去吃它。」朱子遲疑得很。

「怎麼啦？」

「它像是個鰻魚精，那麼乾巴，那麼大。我不敢吃。」

怎麼不敢吃呢？

說得也對，也許真是條鰻魚精呢，鰻魚能活五十五年，鯽魚才能活十年。再說，這是石頭鎮的某個不知名的人寄過來的東西，來自東海的深處，從一千八百公里之外的陸地過來的，吃了它，似乎可惜了。

可是，不吃它，又做什麼呢？供著嗎？祖父不再討海了，我們家，再也沒有一個人，跟大海有直接的聯繫了。現在做什麼，都不用像祖母一樣忌諱這個忌諱那個，怕翻了船，折了帆。

我還是決定吃了它。

「泡！它得泡上個一天一夜，用自來水沖，把鹽分都沖走，泡軟以後切成塊，然後在飯鍋上燉，放點薑片和老酒，算是清蒸，要麼，像我小時候吃過的，煮成鰻魚芡粉湯。」

「煮完眞能吃嗎？」朱子遲疑地。

「當然，香得很。」

「我可沒時間伺候這東西。」

朱子趕緊離開廚房，回到電腦前，我開始把鰻魚鯗浸泡在水池子裏。

在鰻魚鯗泡在水中的十幾個小時裏，朱子一直在客廳兼臥室的電腦上打印飛盤的比賽規則，他原來有一套比賽規則，球門的進攻方式類似足球，可是防守的規則又有點類似籃球的防守，現在，他需要修改一些規則，同時要再加進去一些新規則，使得整個規則更爲合理。然後，朱子又在電腦上打表格，做出記分表來，做完這一切以後，他開始考慮下一季的飛盤比賽時間地點和人員組合。對於飛盤，他總是有事做。

朱子希望能在秋天的香山搞一個飛盤比賽，對象必須是有一年以上在中國居住歷史的外國人，以及有一年以上在外國居住過的中國人。對於這一點我不太理解，朱子說這類人是飛翔的人，適合飛的運動，而且這類人一般都能交得起會費和活動經費，這些人的內心比較自由，他們的氣質跟玩飛盤比較接近，對此我不置可否，然而朱子始終認爲這是這次秋季飛盤比賽的最重要的創意，而且他需要給這次活動起一個有意思一點的名字，口號更好，比如「飛在他鄉」或「生活在高處」或者「接住！」之類的口號。

晚上看完新聞聯播，我走進廚房裏，把浸泡過鰻魚鯗的一盆水倒掉，放上新的自來水。當我走回客廳，忽然朱子轉過頭來說了一句：

「你知道我最討厭什麼嗎？」

「什麼？」我開始警惕起來。

「鹹魚鯗嗎？」我覺得眼下朱子肯定指的是這個。

朱子搖搖頭。

「鹹魚鯗的腥味？」我補充了一句。

「不對。其實鹹魚鯗的味道，也沒那麼討厭。有點像……」

「什麼？」

「有點像女性陰道的氣味？」

「……」

「要是習慣這種氣味了，實際上也沒那麼討厭的。」

「那你到底討厭什麼？住在一幢二十五層高樓的一層？」我想這肯定是他最討厭的了。

朱子不置可否。

「那還有什麼比這讓你更討厭的？」我倒是奇怪了。

「保齡球！」朱子很大聲地說。

「保齡球？」我以前沒聽朱子說過他討厭保齡球，為什麼討厭保齡球？

「保齡球就是嘈雜，抽菸，悶熱，憋氣，中年，無聊。」

我不懂他在說什麼。

「你看，飛盤是往上飛的，往天空中飛的，保齡球卻是往下擲的，往地洞裏滾的。飛盤一定要在開闊的戶外才玩得好，草地藍天，那你看保齡球，黑不隆冬的一大場子，那麼多人悶在裏頭，空氣也不好，還必須待在固定的道上，又重又沉，圓滾滾的，轟隆轟隆地像開火車，又吵又躁，那叫什麼運動啊？那根本就是反運動！」

朱子忽然說得激動。我不知道哪根筋觸動了他，讓他憤恨起保齡球來了。我也是，我想了想，可是保齡球也是一種球啊，你不用玩就是了，犯不著討厭啊。我心裏這麼嘀咕著，嘴上卻也沒什麼好說的。

朱子看我沒什麼反應，也提不出保齡球與飛盤的相關聯繫，於是又轉回了身子，面對電腦，繼續一聲不吭，聚精會神地計畫他的飛盤記分細則。

朱子就是這樣的人。

他的邏輯像個外星人，可外星人到底怎麼想問題的，我也不知道。有一次他自個在屋外的空地上玩飛盤，中間我們隔著一個裝了鐵柵欄的陽台。而我則在陽台上曬衣服，忽然，只見他接了飛盤，跑到窗口對我說了句：

「我錯了！」

「什麼？」我完全摸不著什麼頭腦。

「我發現我錯了！我以前不是說飛盤規則有點像棒球比賽嗎？」

我站在滴滴答答淌水的濕衣服下，試圖努力搞懂朱子的意思。飛盤規則有點像棒球比賽？是嗎？可是棒球比賽是怎麼樣的？朱子是說過飛盤規則像棒球比賽嗎？我對棒球比賽沒什麼概念，除了他們比賽用的那只皮的大手套，以及那支長得像長麵包的木棒。說實話，我對保齡球也毫無概念。我對保齡球並不比飛盤瞭解得更多。

可能有那麼一回事吧。我尋思了會兒，點點頭。

看我有反應，朱子馬上大聲地說：

「我現在發現，飛盤運動是反棒球的！」

我點點頭，決定回廚房把泡鰻魚鯗的水再次換掉。

朱子就是這樣。他會一天想一個問題，一聲不吭地，然後，終於忽然地就把結果告訴你，他不跟你解釋這是為什麼。我想朱子是個很懶的人，或者說他是一個懶於闡釋的人。向別人解釋，就等於是一種思維的重複，朱子不喜歡重複。正如飛盤每一次被他擲出，都沒有重複的角度和弧線一樣。

朱子不喜歡太具有動物性的運動項目，比如長跑，短跑，比如足球，比如舉重，比如相撲，他的看法是這些運動太接近動物本能，總之，太依賴原始體能了。相反，像下棋，飛盤，還有射擊，這些是他喜歡的運動。朱子說好的運動就是智力拼智力，是暗中較量，是靠想像力來鋪墊的。

可是，我對運動毫不敏感。我對任何運動，都缺乏經驗，網球啊，壁球啊，足球啊，登山啊，滑雪啊，我幾乎都不會，都不知道怎麼玩，我的身體極度靜止，卻也一切安好，很少感冒發燒什麼的。天知道朱子爲什麼跟我這個沒有什麼肌體能力的人待在一起，而且能相敬如賓，相安無事。

我們倆眞的會有一個共同的未來嗎？

我不能想，想這個問題就像是思考誰寄來這條鰻魚鯗一樣，會想得心力交瘁。

早晨起來，我依稀記得昨晚的夢。我手擒寶劍與鰻魚精作戰，幾個時辰，難捨難分，誰是贏家，誰是輸家？我記不得了，只感覺戰爭的疲憊彌留在身體裏。穿上衣服，下床的第一件事就是去廚房看那條泡在水裏的鰻魚鯗。它已經變軟了，昨天堅硬地翹起來的尾巴，今天已經溫柔地蜷縮在水盆裏，可以感覺得到鹽分一點一點地從乾鰻魚的身體裏稀釋了出來，原先過分發白的顏色，此刻慢慢恢復成黑灰色。我雙手合起它剖開了的身體，從它泡軟了的形狀看，它的生前，是一條巨大凶狠的海鰻魚，生活在海洋深處，它有力而剽悍，很不幸地，被比它更爲有力而剽悍的漁民們打撈了上來。

我把海鰻浸泡過的鹹水再次倒掉，換上新的水。我看著它在水中蕩漾，彎曲的身材循水而進，它似乎是睡了一夜，現在醒來了。我撫弄著它滑膩無鱗的表皮，丈量著它悠長的尾鰭，努力地回憶著石頭鎮的風俗是如何做海鰻魚的，那出現在正月裏，或是七月半，或是八月十五的一碗碗的鰻魚芡粉湯。對，需要芡粉，黏稠的芡粉把切成塊狀的鰻魚裹住，然後還要肉丁，拌在芡粉裏，在清水煮沸的時刻倒進鍋裏，這時，湯立即變得滑膩而晶瑩，還需要荸薺，把荸薺切成小片，放進一直滾著的鰻魚湯裏，爲什麼是荸薺，而不是別的呢？也許荸薺有化痰的功效吧，石頭鎮潮濕而陰鬱，漁民們每每咳痰，甜甜的荸薺既讓鰻魚湯喝起來可口，又對身體有好處，這樣，湯沸後放上荸薺，薑絲和小蔥，就做成了一碗鮮美的鰻魚湯……我搜腸括肚地想著，在這整個能回憶起來的烹調過程中，我可能是忘記了某些重要環節，比如某種特殊的配料，是不是需要八角，或是桂皮呢？又比如黃酒應該什麼時候加？白醋應該倒多少？我在想像中唇齒生津起來，然而，毫無疑問，荸薺在這個季節的城市裏是買不到的，芡粉和肉丁倒是可以在超市找找。這麼一想，我的積極性大減，看來，我只能以最原始的方式來做這條鰻魚乾了，就是清蒸。

這麼一決定，我最後一次把泡過的水倒掉，然後起了鍋，找出一把薑來。

我在案板上慢騰騰地切著薑，是新薑，嫩黃色的，一片一片，房間裏如此安靜，以至於清晰地聽到刀刃切入多汁的薑塊的噗嗤聲。

給我郵寄這條魚的人，有沒有想過我可能完全不會做鰻魚羹了呢？

14

翻閱日曆，今天是八月十四日，陰曆正好是七月十五，立秋已過，再過幾天就是處暑，接下來就是白露了。這個城市正在進入秋天，草地的濕度，樹葉的色彩，風的韻律，藍天的高度，夜的感覺，月的形狀，都已經表明季節已經悄悄地替換了。在這個無雨而燥熱的城市，到了陰曆七月十五，已經沉靜下來，隱匿在它柔和而寬厚的氣候裏了。每年，只有到了這個季節，我和朱子所居住的城市，才是最美好的日子。

當我在這個城市裏遠遠地觀望一千八百公里之外的一個小漁鎮時，才意識到，陰曆七月十五，是石頭鎮最災難的季節。陰曆七月半，在石頭鎮不是夏天，也不是秋天，而是颶風的季節，死人的季節。

我再次看黃曆上陰曆七月十五這天的注釋：

忌斟酒，栽種，開倉，立劵。

宜化靈，安葬，修灶，除服。

陰曆上注明了這一天裏，大部分具有豐收立業喜慶氣象的事務都不適合做，而這一天，適合所有悲傷的沉默的或與死亡有關的事宜，這是一個祭奠的日子。的確，石頭鎮的陰曆七月十五那晚，每年總是會死那麼一兩個小孩，有時更多，不知道爲什麼，閻羅王喜歡專門定一個日子來抓人。而且，陰曆七月十五前後，是颱風最猛烈的季節，可也是海鮮最豐肥的日子，像螃蟹，必須在秋天之前打撈上來，秋風一起，螃蟹的肉就鬆了。石頭鎮的陰曆七月半，那些出海了幾天的船如果還沒有回來，船老大和船上小夥計的家人，都會跑到岩灘邊去等，眼巴巴地等啊等，天色黑了下來，暴雨起來了，跟海面上的浪頭連成一片，這時，漁婦們就開始哭了。人們都說，陰曆七月半的三更回不來的船，再也不會回來了。

閻羅王站在七月半的門檻上收屍，那些命不硬的，就被收走了。

招娣的妹妹來娣，就是死在那一年的陰曆七月十五的夜晚。

那一年來娣已經四歲，正是開始能一個人吃東西一個人玩的時候了，招娣的母親自從生下第七個女孩，並把她取名招娣之後，就開始對自己生產男孩失去了信心。但是招娣的奶奶仍然希望媳婦繼續生，特別是生男孩，多子多孫是福，況且家裏有一條大船，船老大老了後，誰來養這條船啊！盼是盼，可家裏一打眼望過去，一二三四五六七八九十的，八個姑娘加上兩個老娘，十張不討海的嘴，等著一個討海人來餵，再加上船老大的命也是朝不保夕，誰也不知道哪天會出事，所以招娣的奶奶每天去後山的廟裏進香，腳是裹得很小，可她走路快，到了廟裏，媽祖和觀音一起拜，拜媽祖，保船老大的平安，拜觀音，保媳婦肚子裏的金孫。那船老大自己呢，覺得家裏已經有七個女孩了，儘管沒有太難為招娣的母親，但仍然覺得應當有兒子來頂替他做船老大。我沒見過船老大拜什麼，可他喝白酒的時候，像是拜佛祖，多大的碗也是一仰脖子喝乾，我想他肚子裏也是盼男娃的吧。直到招娣的妹妹出現，也就是來娣，來到這個世界上之後，招娣的父親再也不對續香火抱希望了。招娣的母親也已經沒有奶水了，她越來越乾癟，長久的生育使她像隻縮水的魷魚乾，為了多幹一些重家務活和海灘邊的勞作，她也決定不再生了。

老七招娣有了六個姐姐以後，終於有了一個小妹妹。招娣很高興，老八的到來，使得她不再是家裏所有姐姐的鼻涕蟲，也不再是奶奶最嫌棄的人了。或者說，她也有了個可以欺負得動的小人。

而來娣，之所以取名來娣，是因為招娣的父親決定要把來娣當男孩子來養。招娣的母親經常為老八去裁縫店做衣服，裁的都是老虎豹子的花布，給來娣做男孩的衣服和鞋帽。他們家只有來娣有老虎帽，別的七個女孩都沒有，更別說我了，我連摸的份都沒有。來娣生下來沒多久，就長了濃密的頭髮，來娣的母親把她抱去推成了男孩頭，那種照著年畫上胖娃娃騎鯉魚的男娃頭，兩邊沒頭髮中間有一綹。以後，一直到五歲，來娣就是個男娃樣，她不玩女孩兒玩的事，她的母親和父親都格外疼愛她，老七招娣，不僅不能欺負妹妹來排泄來自姐姐們受的氣，更是變成了來娣的小保母。來娣越長越像個假小子，五官長得粗魯，嗓門奇響，不颳風的夜晚一哭，能把石頭鎮前山後山的人們吵醒。

當初祖母說，來娣這輩子沒轉好世，本來是個男兒身，可是現在不男不女，她父母沒福氣。

不管祖母當初怎麼看，來娣仍然是他們家的金孫。

老八來娣很小就跟我們一起在海灘上玩，她不怕潮水，在大礁石上爬來爬去，而且喜歡跟男孩一起打架，擤鼻涕玩，比著誰敢抓螃蟹的手爪，我們都把她當作男孩，每當她跟男孩們打得熱鬧，我跟老七招娣就遠遠地站在岸邊看風景，彷彿他們所嬉戲的大海跟我們無關，彷彿我們身邊的大海與假小子來娣的大海是兩個大海，是石頭鎮的正面與背面。

陰曆七月前後是石頭鎮颱風最多的時節，大小颱風一個接一個地打，小巷本來就有坡度，暴雨一來就成了激流的河道，全鎮最長的倭寇巷，更是成了條曲里拐彎的急流。一層樓的房子不再住人，也不能再存米存麵，連後屋養的豬都得上二樓。各家都架起梯子往自家屋頂的瓦片上加石塊。夜晚總是停電，鎮長辦公室開始往各條街道上發蠟燭，每家每戶發兩包蠟燭。孩子們白天出去，在急流的「河道」上玩水，揀撈著不知從哪兒沖來的一隻拖鞋，一個塑料瓶，一塊發霉的糖龜，一隻當肚子切開一半的醃螃蟹。到了夜晚孩子們回家，看大人們做七月半鬼節的燈籠。然而，儘管是這樣的天氣，海岸邊的機帆船卻不閒著，因爲陰曆七月裏黃魚和白蟹最肥，鰻魚和鯧魚也不少，除去入冬的那一段打撈期，這個時候幾乎成爲一年中最豐收的時節。每年這個時節，來自熱帶太平洋的潮水自南向北而上，在東海海域，北下的溫帶潮水相湧而來，兩股寒暖流在石頭鎮附近的海洋交會，各個種類的魚群像是開大會似的聚集在了一起。因此，眞正的船老大都願意冒風險在這時出海，招娣的父親，就是帶領著四五個兄弟，開著機帆船去了遠海。

陰曆七月初，石頭鎭蔓延著一個月來連續的颱風雨帶來的潮氣，到處都是潮濕的，後山上山的台階因爲流水的匯攏，幾乎變成了一條白色的瀑布。七月初九那一天並沒有颱風，也沒有下雨，招娣的母親在灶台邊煮了能吃十天的乾糧，麵食，還有糖龜，密封的飯盒裏也有鹹蝦醬和腐乳，給自己的船老大男人帶上。船老大，也就是招娣的父親，當他給自己準備火柴，塑料布，雨衣和香菸的時候，並不知曉他這次出海與他心愛的假小子來娣意味著什麼。我記得那時，我跑到招娣家，跟招娣和來娣，還有她們的姐姐們站在院子裏，看她們的父親收拾上船的用品，後來，我們一大群女的，母親和小孩，都跑到海灘上看他們出海，我記得我的祖母也去了海灘上，祖母喃喃地，說七月十五，是鬼節，閻羅王要來海上抓人帶回陰間，所以，貪心不得好死。

我相信祖母的話，祖母一輩子寡言少語，可她這輩子看到石頭鎮太多死人的事了，多得，幾乎比她說過的話還要多。

招娣爸出海之後的兩三天，都沒有什麼大風，到了第三天，颱風就起來了，接著開始下暴雨。岸邊不斷地有漁船回來，有漁船撞壞了，還沒開進公海就返回了，有漁船打了一大網的黃魚回來，有漁船拉回來一船艙的白蟹和鯧魚，到了第四天，一條吹破了帆的船回來，帶信來說招娣爸的船開出去很遠，他們曾在公海上互相打招呼。之後，幾乎整個石頭鎮的船都回來了，再沒有船向招娣媽通報船老大的情況了。招娣媽天天傍晚去海灘邊看船，有時，她跑到前山的山頂上，然而，整山整海，都籠罩在颱風雨的雨霧裏，整山整海，到處是飄搖的雨線，哪裏有什麼船帆的影子！

五天以後，到了陰曆十五，差不多是十天，船老大沒有帶給岸上的招娣媽任何音信。夜晚，海面上也沒有什麼信號燈。十天來，五歲的來娣，跟著她的小姐姐招娣，以及母親一起，三個人每天去海灘上等船，傍晚的時候，她們三人失望地回來。

七月半時分的海灘上，人影寥落，我，一個沒有父母的女孩，坐在岸邊沒有織完的漁網邊，看著來娣家等他們的船老大回來。海面上有著震耳欲聾的海浪聲，風平息的短暫間歇裏，能聽見假小子來娣的脖子上，發出的叮鈴噹啷的長命鎖的聲音。可很快，長命鎖的撞擊聲又被呼嘯的海風吹走了。

到了七月十五早上，颱風颳到了十三級，連鎮漁業廣播站向海上廣播的線路都颳斷了，石頭柱子上的大喇叭兀自站在海灘頭，出不了聲。這天，招娣媽對我們鎮上的人說，船老大肯定要回來了，每年七月十五，船老大不管開出去多遠，都會回來的。招娣媽又說，鬼節啦，船老大可不是給閻羅王打的魚。

這天白天，招娣媽和女兒們在家裏搓魚丸，準備晚上的魚丸芡粉糊，下午的時候，海面上浪大了起來，雨線在風中斜斜的飄飛。招娣媽讓他們家的老大金鳳管家，自己拿了兩把傘和一塊油布，帶著招娣要去海邊，這時來娣吵著也要去，招娣媽只好帶了來娣一塊去。沒想到來娣一去，就成了他們家的不幸日。

她們三個人強撐著油傘到了倭寇巷盡頭的海邊，雨，浪，混合在海風中一片迷濛濛的，起先她們看不到海面上什麼，後來她們爬上前山頭，招娣媽撐著雨傘在山頭長久地看海，前山頭的居民說，她站在那兒那麼久，幾乎像一塊石頭。她深深地看著灰雨濛濛的海洋，她看得那麼遙遠，那麼幽深，她的眼神幾乎穿透了石頭鎮附近的台灣海峽，看到了石頭鎮對岸的金門島，看到了金門島邊避風的大陸漁船。她就這樣長久地注視著海面，一動不動，她的兩個小孩，招娣和來娣，那麼小，就跟母親一樣注滿了執著的期待，我知道，有種期待的人，無論是母親，還是小孩，都是幸福的。因爲，七歲以來的我，從來沒有過期待，大海橫陳在我面前，每天，每月，每個季節，海面上並沒有我的父母，我的任何親人，這片大海就像我的鄰居，它們長年地住在我的隔壁，從未搬遷，我跟鄰居熟識，瞭解它們，卻沒法敲門進去，這就是我的大海。

我的大海，成了我隔牆的鄰居。

我的大海，成爲我熟知的招娣家的大海。

幾乎是一個小時過去後，在石頭鎮最高的前山上，招娣媽果然看見了海面上小小的船影，在浪中，船一會兒隱沒，一會兒出現。天色很早就暗了，雨越來越大，潮水和雨水充滿了海灘，似乎整個世界除了水，還是水。招娣媽下山來，跟招娣說，你看，我說什麼來著，七月十五你爸肯定回來。你爸不給閻羅王打魚。招娣媽就領著兩個女孩站在岸上敲鐵盆，都說敲鐵盆能把海鬼嚇走，招娣媽越敲越大聲，希望海面上的船隻能聽見一點聲音。

過了很久，船的影子才慢慢在海平面出現，招娣和來娣躲在一塊油布下，儘管母親還用雨傘遮著她們，可兩人仍然凍得發抖，風幾乎要把四歲的來娣颳走。招娣媽後悔帶兩個孩子來，可是現在又沒法送回去，她只好把她們帶到海塗養殖場的小房子前，她覺得那兒能擋一些風。養殖場這會兒沒人，面向大海的海塗裏，養殖著紫菜，海帶，還有一些貝類。來娣和招娣就站在小房子邊，小房子門鎖著，裏面放著一些養殖工具，漁網和割海帶的刀。

把小孩安頓好以後，招娣的母親離開她們，繼續跑到海灘上敲臉盆，船的影子越來越清楚了，可是，它開得那麼慢，高高的海平面幾乎像一個豎立起的布景一樣，把船遮擋在它的後面，這時，海灘上來了一些過鬼節的漁民們，他們打著傘撐著油燈籠，也用木棍敲打著盆，像往年的七月十五一樣，希望能驅趕走海鬼。

海岸上的人越聚越多。燈籠的亮光像小星星一樣，點綴著黑暗憤怒的海。已經能看見不遠處的船帆的飄動，招娣的母親激動起來，媽祖保佑她的船老大已經平安歸來。那些像招娣媽一樣的漁婦們，迫不及待地開始喊船上自己男人的名字。誰也沒有注意海塗養殖場邊的兩個小孩。

終於，在風雨呼嘯的偶爾的間歇裏，在人們敲臉盆的聲音漸漸減弱時，招娣媽聽見了什麼，只有招娣媽一個人能聽見這種聲音，那是她的孩子的哭聲！是老七招娣的哭聲！

海面上的船隻越來越近，人們湧向漲潮的海岸，而招娣媽卻瘋狂地跑向海塗地。寬闊的海塗，在深夜無邊無際，深不可測，招娣媽跑向那個海塗邊的小房子，小房子前並沒有人，她跑向海塗深處，她的膝蓋漸漸地淹沒在海塗的泥淖裏，她終於聽見了招娣的哭聲，招娣在喊她的妹妹：來娣！來娣！……

當暴風雨中的船靠近海灘時，整個海灘被人群的喧嚷聲覆蓋了，裹著濃重的汽油味，船老大和他的兄弟們筋疲力盡地下船來，漁婦們迎來了自己的男人，他們並不忙著拖下船上的戰利品，實際上，船艙裏的魚並沒有他們出海之前想像的那麼多，但最爲重要的，是他們在陰曆七月十五的鬼節平安無事的歸來了。

然而船老大，招娣的父親，卻並沒有看見自己的老婆，以及孩子。他在人群裏找了幾圈，沒有找到，他覺得奇怪，但仍然是回艙，去降下颳破了的桅頭旗，過了不久，海灘上舉燈籠的人們聽見了招娣母親的哭聲。

招娣家最小的孩子，來娣死了。死在距離海塗地不到一百米的海裏。被海水嗆死了，巨大的颱風雨阻撓了招娣母親的尋找，大人找到那個小身體以後，沒有搶救過來。

據說，來娣被打撈回來後，她的身體，鼓得像一個魚鰾。

鬼節，家家戶戶糊著鬼燈籠，放上洋火，而海灘上最後一隻漁船平安地歸來了，帶來了滿艙的烏賊，和黃魚。可是，人們說，今年鬼節，閻羅王還是收走了一個孩子。那是招娣家最寶貝的一個假小子。

招娣家最金貴的老八死了，於是，招娣又變成了他們家最小的孩子。

招娣是在種滿海帶的海塗上看著來娣死的。墨綠色的海帶又寬又長，像髮絲一樣纏繞在一起，更像一道不可見的堅硬的鐵絲網，隔絕著泥土與大海的邊界。越過墨綠色的鐵絲網，就是來娣的死亡。從那年的七月十五開始，我發現招娣一下子變大了，她幼小的神情變得像石頭鎮上的大人一樣。我想我能明白招娣爲什麼長大。因為只有長大，才能有力量對抗某種可怕的東西，比如啞巴，比如死亡，比如饑餓，和孤獨。

招娣父親老愛說的那句話，討海人與閻羅王只隔著三寸船舷板。這回，閻羅王沒來敲他的船板，卻是直接要走了討海人的子孫。

來娣沒了後，似乎眞的應了算命先生的說法，他們家開始交霉運。招娣父親的船總是在海上出事，有時折了整個帆，有時撞了船尾，剛補好的船一出海就漏油，而且三天兩頭在金門灣那兒避颱風。家裏傷了元氣，偏偏大姐金鳳又要走，她本來是他們家最好的勞力，可是卻吵著要去縣裏的越劇團。金鳳又漂亮又能唱越劇，她不是鎭裏越劇班的，可平時沒事的時候一唱卻賽過戲台班子上的花旦，她自己有水袖和鳳冠，喜歡扮林妹妹和孟麗君。她也給我們女扮男裝過梁山伯，唱《十八相送》。然而招娣的母親和父親都不同意她去越劇班子，因爲他們覺得越劇班裏都是些不正經的人，男的不務正業，女的不安分守己，小生找小旦，老生找老旦，隨隨便便亂搞，金鳳要是去了越劇班，肯定就找一個男不男女不女的小生相好，然後兩人要不到處走江湖搭戲台唱戲，要不就在城裏不回來了，船老大說，小生唱得再好，也是接替不了船老大的船的，然而父母的話金鳳卻反著聽，執意要走。

說到金鳳，從我七歲以來的記憶裏，她一直是石頭鎭最美麗的女子。她是不平凡的，因爲石頭鎮的婦女大都黑而瘦，長年海風的吹拂使得她們的皮膚粗糙黑黃，但是金鳳卻是石頭鎮的一顆夜明珠，長得白嫩而豐腴，來娣家的七八個姐妹一起走到街巷上，金鳳就像是一大群黑魚裏的一條銀魚，身姿輕盈，閃著潔白而眩人的光澤。在她很小的時候，她就被全鎮選作「七月七」童男童女節的小童女。同時，「七月七」也是七仙女的節日，金鳳就是那一天的七仙女。石頭鎮女子的習慣，是在陰曆七月初六的傍晚採集到七種鮮花，放在一個盆裏，夜晚時候把水盆放在屋頂上，或是天井中來接納露水。到第二天晨露完全褪走的時分，也就是七月七那天上午，女孩子起床，就用這花露水來清洗自己，據說這一夜的花露水是媽祖娘娘的汗水，牛郎織女的仙淚。洗臉則目明耳亮，洗身體則會膚色白嫩。我想招娣家的大姐金鳳，就是洗了很多這樣的花露水才會變得那麼好看。

可是後來金鳳終於走了，雖然船老大事先已經去鎮裏的越劇班打了招呼，說要是金鳳來報名，不許報。而且招娣爸也向鎮上唯一的出口，石頭鎮汽車站的站長老瘸海生打了招呼，說要是金鳳來買票，別賣給她。不知道老瘸海生有沒有答應，老瘸海生是最權威的人。反正金鳳是走了，而且走得更遠了，她一抬腳，就跑到了縣裏的越劇團。她是憑唱工以及天生的小旦身腰考進去的。後來我再也沒有見過金鳳。

就跟招娣腦子裏想的一模一樣，我想我的大姐走了。

金鳳在我七歲那年離開石頭鎮之後，使得我對石頭鎮有了不一樣的看法。我想石頭鎮是有缺口的，比如說老瘸海生管的石頭鎮汽車站就是一個缺口，人是可以走出這個缺口的。金鳳肯定是從這個老瘸海生所掌管的缺口走的，穿出石頭鎮的山洞肯定是修好了，即使穿很多個山洞，也攔不住金鳳的走。然而，金鳳沒走以前，我以爲石頭鎮是個封閉的石屋，我們眼裏可以看到的，是永遠也走不出去的大海。金鳳一走，我似乎也有一種走的欲望。可是每當我站在石頭鎮汽車站門口，看見老瘸海生權威地坐在只能伸進去一隻手的小鐵窗裏賣票的時候，我又絕望了，我的個子連那個賣票的窗台都搆不著，我還需要一筆錢，等我長大就好了。我等不及我自己的長大，我覺得長大，是解決所有問題的唯一可能，只要長大，我就能離開，離開這個地方，離開骯髒的吃人的大海，離開啞巴那些曾經徘徊過的街巷。

不管怎樣，我發現，記憶中的世界，是人的臉漸漸減少的世界。我的石頭鎮的世界裏，先是祖父的臉消逝了，然後，是來娣的臉，再接著，是金鳳的臉，再接著，是啞巴的臉，再接著，祖母那張像風乾的橘子皮似的臉，終於也消逝了，隨後，我的小嬰孩的臉，模糊了，還有莫老師的臉，都褪去了，最後，是我自己的臉，我自己那張幼稚的、年輕的、卻看起來有著悲傷的底色的臉，也消逝了，那張臉消失在我十幾年前的記憶裏，消失在石頭鎮倭寇巷盡頭的黃色的海浪裏。

15

我從來就知道人是要死的，會以各種方式死。有的會死在泊近海岸的船上，流完了最後的一滴血，像母親的死；有的會死於自殺，用敵敵畏和白酒，像祖父的死；而有的，會死在長滿海帶的海塗地上，悠長的海帶像女魔的頭髮一樣纏繞住身體，這個身體繼而被海水吞溺了，像來娣；有的，會死在十二級颱風颳倒的房子下，身體被埋葬在瓦礫堆裏，像啞巴的死。更多的人，是死在出海的船上，船從沿海開到公海，開出公海已經幾十海里了，卻沒有歸航，運氣好的，跟著滿艙打到的魚一起沉沒海底，運氣不好的，跟著空空的船艙一起下沉，總之都是死。

討海人與閻羅王，只隔著三寸船舷板。

招娣家的船老大說。

死是那麼的平常，自然，輕易。我開始害怕我身邊的人死掉，可當我看著所有親密的人一個接一個地死去時，我希望祖母不死。我希望祖母沒有來世，我只要祖母的現世，無限長的現世，我們能一直在現世裏相依為命。可是，就像是我天生所瞭解的，現世是有限的，人最終會死。

祖父死去後，漸漸地，祖母似乎是開朗起來了，很少聽她像往日一樣地悶聲歎氣，她好像忽然有了一種解脱，從十二歲她來到祖父家當童養媳，一直到祖父死，她都是活在一種罪孽裏。祖父死後，她有了解脱的希望。當我回想起那幾年，發現那是她最爲舒心的時光，沒有風的天氣，日頭又好的時候，她經常搬出藤椅來曬太陽，她看著倭寇巷上的行人，她什麼念想都沒有，她什麼都不發愁，她似乎數著她的日子，一天天地，慢慢花掉她一生的微薄的積蓄。她漸漸地挑不動水了，隔壁的招娣媽每隔三天給她帶一桶淡水回來，有時候，招娣家做了些好吃的，也會送過一碗來給我們吃。我們就像一老一小兩個乞丐，不想別的，只求每一天的飽暖。有時候，乞丐是無憂的。

颱風到十月初就完全過去了，家家戶戶都把竹竿撐出來，竹竿上晾滿了潮濕了整個夏天的被褥，大人的衣褲，小孩的老虎帽。漁婦們人人手裏拎根洗衣服的棒槌，對著沉沉的被褥敲打起來，砰，砰，砰，街頭巷尾一片悶悶的棒槌聲，棒槌聲被太陽光成倍地傳送著，整個石頭鎭都是拍被子的聲音，直到那些被子開始鼓起來，脹起來，像個饅頭一樣鬆鬆軟軟起來，女人們才住了手。那個時候，祖母會坐在門口的藤椅上，專心致志做一件事。她做魚刺骨鳥，用一副完整的魚刺骨做成飛鳥或是鳳凰的形狀，那是石頭鎭婦女的傳統手藝，可那個時候已經沒多少女人會做了，不討海的婦女都忙著給冷凍廠剝蝦米賺錢，誰也沒閒工夫去折騰那些魚刺魚骨頭了。祖母卻自從嫁到這個漁村後就企圖學會一切討海人家女人的手藝。她的技術是相當高超的，不用膠水，不用繩子，只用刺和骨之間的彎度和角度，魚骨和魚骨之間的穿插和銜接。一條魚骨就是一隻鳥，她還留著魚眼珠，看起來活龍活現的，有時候她也用烏賊的白色螵蛸，把中間挖空了，做成一片小船。

大黃魚寬闊的脊刺，帶魚整齊的長刺，蝦鼓彎曲的外殼，海鰻魚粗壯的骨刺，都被祖母攢了下來，那些扎人的骨殼，在祖母老繭的手中變得無比柔軟。祖母做了很多魚刺鳥，有鴛鴦，也有鳳凰，有白鶴，還有鷹，也有雲雀，這些魚刺鳥擺在灶台上，灶台都擺滿了，鎮上的小孩都跑來看，他們吵吵嚷嚷地驚歎著，有時他們偷偷地拿走其中一隻鷹，或是一隻白鶴，後來祖母發現了，祖母索性送給他們一些，像烏賊螵蛸做的小船，小孩子喜歡把它放在水裏駛來駛去，祖母看起來是快活的。說實話，祖父活著時，我從來不曾看到她如此快活。

祖母的生活裏似乎只剩下三件事，吃飯，念經，做魚刺鳥。吃飯是最簡單的一件事，粥就蝦醬，都不需要牙齒嚼。念經，是在一樓灶台邊的觀世音泥塑前，祖母通常是把該念的經文念完，然後抽出幾支香來，拜了拜，把燃著的香插在那個老舊的香爐上，香爐裏的灰積滿了，似乎有三百年沒有倒過，香一插到香爐裏，房子裏立即充滿了燃香的氣味，然後祖母就開始坐在外面的藤椅上，曬太陽做魚刺鳥。

奇怪的是，祖母根本不識字，連自己的名字都不識，卻能把厚厚的一本經文背誦下來，經文是她逐字逐行念的，用她青筋暴露的食指和中指，一個字一個字地戳著，「色即是空，空即是色……」，她戳著那一個個她並不認識的手抄毛筆字，她一行一行的，一頁一頁地，沾著唾沫，念完了整本的經書，有時，她也會指著一大行字請教招娣媽，那通常是在一頁要起頭的時候，只要招娣媽說那一行字的頭一個字，而只要祖母一記起，她就能馬上接著往下念，甚至可以合上經書嘩啦嘩啦地背出來。有時，她也會念錯行，有時，她會在中間翻開的某一頁上完全失去字跡的記憶，但最終，她能倒背如流。

我從來不理解那些繞口的經文的含義，如果經文有含義，應當只有觀世音娘娘明白，我同樣不知道祖母是否掌握天機。可是，祖母似乎從未問過任何人關於經文的意思，彷彿她相信，只要執著地念誦，持之以恆，經文自然而然地在她心裏坦露出意義。可我從來不這麼想，因爲既然祖母連字都不認識，她怎麼洞察那些由字組成的經文的意義呢？而且我還知道那本豎行的毛邊紙的經文，是祖母花了兩塊錢，託鎮郵電所門口那個專門替人寫信的老先生抄的。那個老先生可能從來沒有替人抄寫過經文，他一直幫人寫短信，那麼厚的經文，字又不能抄錯，他肯定是花了一些工夫來抄的，而且兩塊錢，那時眞是不小的數目啊，我看見老先生每次幫人寫信，一頁紙是兩毛錢，兩頁紙是五毛錢，他給祖母抄了那麼大一本經文，眞算是給她打了個大折呢。

那一年的冬天，海面風平浪靜，太陽很好，帶魚潮也帶來了海邊人的豐收。祖母就這樣坐在家門口斷了線的舊藤椅上，當她的身體輕輕動的時候，藤椅就發出吱呀吱呀的聲音，她坐在那兒，門口有著鹹鹹的陽光，她看起來是安詳和滿足的。

有一天，縣裏來了兩個人，由鎭裏的人帶著，找到家裏來，要買走祖母用魚刺紮的飛鳥，我第一次聽說有人要花錢買這些魚刺，覺得很新鮮。反正幾個上頭來的大人在屋灶間轉了幾圈，圍著那擺滿了魚刺鳥的窗台看了又看，還拍了些照片，完了又圍著祖母看她親手做魚刺，他們跟看寶貝似的，嘖嘖稱讚，因爲祖母一直坐在屋簷下的藤椅上，所以路人全過來了，這下住在倭寇巷裏的人也跑了出來，大家跟縣裏來的幹部一起看她表演，這倒眞的成了石頭鎭的新聞，但祖母並不覺得這些隨手做的玩意兒需要買，她跟縣裏來的人說，把鈔票帶回去吧，替家裏買些米，麵啊，油的，就夠了。來的人照辦了，往家裏背回一些過冬的糧食，那些麵和米，其實足夠我們吃到第二年的冬天了。最後，來的人用一個鋪著紅緞面的木盒子裝走了灶台擺著的那些飛鳥，那些美麗而粗壯的魚刺。

石頭鎭的人議論紛紛，在他們眼裏，祖母仍然是奇怪的，石頭鎭的漁婦們一輩子吃魚，卻也懶得再想把那些刺啊骨頭啊眼珠啊搗騰來搗騰去的，而這個老太婆卻是一根筋，能有心思學，還能靠這個歪心思換米換麵的。他們覺得祖母是個不能小看的老怪物。但祖母和我卻不管他們在背後說什麼，因爲看到鎮裏的人往我們家的灶間背米背麵的，光米麵和綠豆面就放了兩大米缸，有時候他們還來幫我們挑水，我們一老一少兩個別提有多高興了。

所以，祖父死後的幾年裏，祖母幾乎成了石頭鎮的英雄，上級縣政府專門還發給她一面紅緞子錦旗，錦旗上用金字繡著幾個字：獎給民間藝術專家梁玉秀同志。

「梁玉秀」。那時我已經上學識字，所以我看到那個名字後非常吃驚，我從來都不知道這個名字。那面被祖母掛在灶台上的紅緞子錦旗是第一次告訴我我祖母的名字。

16

現在，我們的生活已經徹底地與那條鰻魚鰲融爲一體了。

打開冰箱，從上面的第一格開始，到第四格，依次擺放著鰻魚頭，鰻魚背，鰻魚胸，鰻魚尾巴。雖然浸泡了許久，可是頭和尾依然挺拔堅硬，我們費了好大勁才塞進去的，不想卡著冰箱空兒塞進去後，卻拿不出來了。頭和尾遠遠地分離了，各自執拗地翹在冰箱裏，不堪入目。而且，儘管每一層的分體鰻魚都用塑料保鮮膜包著，但它們的氣味仍然突破了冰箱的板壁，滲透到廚房裏，廁所的下水道裏，臥室兼客廳的那個房間裏，甚至床墊上的床單都染上了魚腥味。可以說，鹹魚的味道，無處不在，飄蕩在我們缺少日曬的房子各處。

一開始，我們想迅速地吃完它，越快消滅掉越好。朱子甚至想趁我去上班時，偷偷扔掉一些，不幸被下班回來的我發現了垃圾袋裏的巨大鰻魚腦袋，眼珠子泛著白光，透過骯髒的塑料袋瞪著晦暗無光的廚房，鰻魚腦袋哪能這樣扔掉，豈不是罪過。我揀回來沖了沖水，重新放在廚房的碗櫃上風乾。

終於有一天，朱子不再把冰箱裏的鰻魚乾當成敵人。此事發生在我們剛吃完清蒸鰻魚配米飯大餐，爲了散散氣，我們把窗戶全部打開，尤其是廚房的門窗，這麼完了後，我們倆打著充滿腥味的飽嗝，外出散步。

當我們走到附近一家著名的日本料理店門口時，兩個和服小姐恭敬彎腰，朱子斜眼過去，正好就看到他們端端正正擺在門口的帶照片的菜譜牌子，牌子上的招牌菜依次如下：

生魚片船王：二八〇元

鰻魚蓋飯套餐：九〇元

烤鰻魚：一二〇元

烤三文魚：……

烤秋刀魚：……

鰻魚卷：四〇元

我們的視線均在有關鰻魚的價錢上停留了幾秒鐘，那就是說，只要我們每個月吃五次烤鰻魚，或者每個月做六點六次的鰻魚蓋飯套餐，別的小菜米飯都不算，就賺回來我一個月的工資了。這麼算完以後，我們倆面不改色地當著和服小姐的面經過料理店門口。

一過了料理店，朱子馬上說：「我以後不扔家裏的鰻魚羹了。」

我點點頭。

「可我們幹嘛不賣給他們？」朱子轉念又說。

我堅決地搖了搖頭。

經歷了沒錢進日本料理飯館的事，朱子終於認識到鰻魚是一種昂貴的東西了。

等我們從那條有著日本料理飯館的街道散步回來，嘴裏分別嚼著兩片香蕉味的口香糖，走進大樓的一層時，隔著五十米長的走廊，遠遠地就看見了一個中年婦女站在我們家窗口，探頭探腦地往裏張望。

「大媽，查什麼呢？」朱子不客氣地走過去，同時掏出鑰匙準備開門。

全神貫注窺探的大媽被猛地驚了一下，發現我們不在裏頭，而是在她身後，稍稍有點尷尬，但她很快就講明了原因：

「是這樣的，年輕人，我是住你隔壁的，我們家女兒在香水公司工作，怎麼說呢，其實我們家女兒是研究香水配方的，不騙你家裏的書櫃壁櫃桌子上擺滿了各種香精的瓶瓶罐罐，要我說我都不懂，反正都是香。可最近不行了，她沒辦法工作了，因爲你們家什麼東西一直發腥臭，可能是魚爛在你們家下水道了還是怎麼回事，味兒都到我們家來了，我們家女兒沒辦法配置香精了，帶到公司裏去的香水也全是那股臭魚味，這不前兩天老闆還批評她沒有專業精神。她回家還差點哭鼻子，她不好意思直接跟你們說，那我說我來說，我知道樓裏鄰居的大夥都不容易，不過麻煩你們查查看到底怎麼回事，要是你們不好清理，我給你們倆清理一下廚房角落什麼的，也算我運動運動筋骨……」

什麼，香水配方？研究香水配方的？我們這個大樓的一層還住了一戶研究香水配方的？在中年婦女還在絮叨個不停的時候，我重新打量了一下我們的大樓，準確地說，重新審視了一下這幢大樓被舊自行車和舊家具堵得密密麻麻的一層走廊。原來我們小看了這幢大樓。我們也小看了鰻魚羹造成的公共危害。以前一直覺得唯有我們倆是被大樓迫害的，現在，發現，竟也有別人是被我們所迫害的。

朱子再三與大媽道歉時，我走進屋子，把所有開著的窗都統統關上，不讓一絲氣體漏到外面去，就像一個準備用煤氣自殺的人，小心翼翼地關好所有可能通風的門窗一樣。

17

我仍然記得我十五歲那年的冬天，老天忽然下了很多雨，冬天的雨黏黏的，久久的不去，本來潮濕的石板路上，這下變成了一條狹長的混沌不清的水塘，水塘的縫隙裏有著秋季遺落的死蝦死魚。人們像往常一樣並沒有盼到雪，但是人們盼著過年，漁婦，漁民們，盼著一個安生的新年，還有小孩子們，盼著過年的吃食，和新衣裳。臘月快來的時候，太陽終於又出來了，人們在二樓的小窗下撐起竹竿，往窗外晾快要發霉的被子，祖母，也從屋裏搬出那張老藤椅，她坐在椅子上，曬著難得的太陽。下午的時分，太陽正暖，我從屋裏出來，看見祖母頭一歪，兩手仍然是搭在藤椅臂上，就那麼平靜地過去了。

我不相信祖母死了。

那一刻，太陽斜斜地打在她的黑衣裳上，她的白頭髮，有幾絲垂了下來，她就像是睡著了。

祖母的香爐，擺放在朝海的窗台上。我從未在祖母的香爐上插過香，或者拜拜，香爐也並不會寄託我任何的念頭，可祖母過世後，我才發現，香爐上再也沒有燃著的香了，那股嫋嫋上升的青煙再也不在灶間徘徊了，香爐沒有香，就像死了一樣。祖母死去後的第二天，我從那把還沒有用完的香袋裏抽出一支香，我點燃了它並把它插在香爐上。我想這是我一輩子點過的唯一一支香。

祖母沒有陪伴我度過那一年的最後幾天。

那一年的冬天仍然繼續著，接著是臘月。白色的雪，從未落在石頭鎮的海洋上。

祖母去世了，可是我一直都不能記得祖母去世了，每當我站在海灘邊上，每當我看著海浪的顏色越來越暗，夕陽即將落進遠處的大海時，我就得了健忘症，我就以爲祖母會像往常一樣，從倭寇巷走出來，拄著拐杖，佝僂著身體，跑到海邊來，然後發出那長長的，像吆喝般的叫喚聲：阿狗，阿狗啊，轉窩裏咀飯啊——。

我要等到那一聲叫喚，等到那聲長長的叫喚在海邊的山嶴間結結實實地撞了個來回，才能回家吃飯，才能回到那張放著蝦醬和稀飯的八仙桌旁坐下。可是，有一天開始，那聲長長的、老老的叫喚，竟再也等不到了，聽不見了，當黃昏的大海站立在我眼前時，竟再也沒有一張放著蝦醬和稀飯的八仙桌等著我了。

祖母死去半年後，幾乎是每一天黃昏的同一個時間裏，我的耳邊仍然會傳來那聲叫喚，阿狗，阿狗啊，轉窩裏咀飯啊——。

然後，那種幻聽越來越不明顯了，最終，那個叫喚聲不再在我的記憶裏響起了。

我開始覺得祖母的死是好事。祖母是老死的，死得安詳，是那種人人羨慕的死法。她的死似乎給她帶來了她活著時沒有的福氣，她埋葬在石頭鎮後山的墳塋裏，她埋葬在祖父的身邊，雖然她不是石頭鎮的本地人，她只是嫁過來的外鎮人，可現在，她再也不會受到石頭鎮漁民們的排擠，她長眠在石頭鎮海洋的山頭，她在石頭鎮有了自己的一把土，泥土下面，是鹹鹹的海，她終於眞正的屬於了石頭鎮。她終於不受苦了，她終於幸福了。

祖母走了，那年的年末，冬天的節氣一個緊接一個，小寒之後是大寒，正月緊接著就來了，過年的漁鎮是那麼繁忙。每家的燈火從凌晨三四點就亮起來了，灶台裏一直煮著東西，到三更半夜才熄滅。而我徹底地成爲了一個人，一個單獨的幾近成年的人，沒有父母，沒有祖父祖母，沒有兄弟姐妹，沒有叔婆姑姨，我只是一個人而已。

我一個人過下去，奇怪的是，我並不絕望。我在石頭鎮，像岩礫裏的沙蟹一樣生長著。

18

「你知道馬里亞納海溝嗎？」我看著天花板，躺在我們一樓的床墊上說。

「什麼？馬里亞納海溝？」朱子摸不著頭腦。

「對啊，馬里亞納海溝，世界上海洋最深的地方。」

我的思緒擊破了頭頂的天花板，衝出這幢二十五層大樓，飛向無比遙遠的地方。

「馬里亞納海溝，它海底的深度有一萬一千零三十四米。」

「一萬一千零三十四米。」朱子喃喃地重複這個無比抽象的數字。

居住在這幢醜陋而擁擠的二十五層居民大樓裏，沒有人能夠有足夠的想像力想像馬里亞納海溝。

「馬里亞納海溝，在哪兒？」朱子問。

「南太平洋。」我肯定地說。

朱子茫然地看著窗外，早晨四十五分鐘的陽光剛剛從陽台上抬腿走了。

「那兒，海底深處，太深了，深得魚都長扁了，因爲氣壓的原因。」

我喃喃自語地說。

我知道有一些東西，即使埋藏得無限地深，它還是能從底部浮現出來。

久遠的記憶，就是一條馬里亞納海溝。

莫老師，從我石頭鎮海域的馬里亞納海溝深處浮現出來。

我對於這個男人的記憶，就像是馬里亞納海溝的深度，因爲太深了，而缺氧。我的記憶因爲缺氧而變得蒼白稀薄起來，無數支離破碎的細節使得他的整體變得那麼渾濁不堪。可是，莫老師就像石頭鎮的大海一樣，儘管渾濁，它依然是海洋，依然是驚濤駭浪。

這個男人，成爲我記憶中的另一股暗流，在我隱秘的內心深處長久地湧動著。

從十五歲那一年開始，我的身體走出了地洞，我被海岸邊的陽光照耀著，我不知不覺地長大了，我變高了，我不再是個滿眼驚恐的孩子。我的頭髮不再是又黃又稀的兩根可憐的小辮子，它們變得又粗又黑，它們像海塗邊緣的墨色海帶一樣，一叢一叢，一壟一壟，越來越茂盛地披在我的肩上。長大是如此迅捷，在石頭鎮招娣媽和船老大的照顧下，我進入了石頭鎮唯一的一個初中學校。

我不知道莫老師是哪兒來的。他是在石頭鎮出生的嗎？在我生下來的時候他已經在石頭鎮了嗎？或者他不是石頭鎮的人？他像祖母一樣，是從外面沒有海的一個鎮子搬過來的？

不管如何，那麼多年以後，當我回想起莫老師這個人，我才發覺他的氣質完全不像是石頭鎮的人。他溫和，他不殘暴。這也許是讓我當時親近他的一個原因吧。

那是我初中二年級的一個下午，時間，仍然是夏天快要過去的季節，那是每年颱風最猛烈的時候。巨大的風浪從東南邊來，橫掠過東海海面，那些風浪在東海海面又積攢起新的力量，像個大螺旋一樣，搖擺著就來到了石頭鎮的上空，整個石頭鎮被暴雨澆灌得像一只在汪洋中搖擺的小木桶。

「老師，我學不好有機化學。」

「沒關係，你要是不學理科，你學好無機化學就可以了。」

那是我們第一次面對面的談話。

那個手指修長的化學課老師站在講台上，他姓莫。他很年輕，他看起來永遠是單獨的一個人，單獨地從辦公室出來，單獨地走在圍著一截矮牆的校園裏，單獨地走在校舍的牆外。他是蒼白的，他的臉色就像是兩隻修長的手一樣蒼白。他前額的頭髮搭在睫毛上方，這使得他看起來跟別的老師有點不同。

實際上，他在我眼裏很不同。他是在石頭鎮中學規範之外的人。他不在作業本上用紅筆畫勾和叉，卻在作業本的反面蓋紅戳。紅戳由三種動物的形狀組成，一種是獅子，那代表著優，第二種是老虎，代表良，第三種是兔子，代表差。對，是他自己刻的這些動物印章。在我作業本的反面，一開始都是老虎，說明我的化學成績一般，後來我的紅戳變成了獅子，我的無機化學慢慢好起來，我一共得了五個獅子，因爲我喜歡上化學課，或者說我喜歡那個化學課老師。可當我即將要獲得第六個紅獅子的時候，我不再得到任何的紅戳了，因爲在後來的化學課中我消失了。

夏日的午後，我趴在桌子上背誦化學元素表：1氫2氦3鋰4鈹5硼6碳7氮8氧9氟10氖11鈉12鎂13鋁14硅15磷……下午第二節課，莫老師要來抽查，然而我實在是又睏又乏，知了在窗外叫著，上一季的颱風腳還沒有走淨，暴雨剛剛歇下來，下一季的颱風似乎已經在醞釀，天氣又悶又熱，眼看著又一次陣雨要來了。

教室裏變得越來越聒噪，隨著上課時間的越來越臨近，同學們背誦元素表的聲音越來越大了，嘴巴的頻率也越來越快，到處都是像炒豆子似的「硫氯氬鉀鈣鈧鈦釩鉻錳鐵鈷鎳銅鋅……」的單聲發音。氣氛越來越緊張起來，大家都試圖讓自己背誦的聲音蓋過身邊的同學，因此整個教室就像炸了鍋似的。

雖然那一天莫老師連我的名字都還不知道，而我卻並不著急，我也不怕被罰，罰又能罰到什麼地步呢？午後的天氣，使我越來越睏，索性把下巴磕在桌子上，這一磕，再也抬不起來了，上課鈴響了幾遍，我看著化學老師拿著兩個試管和一個酒精燈進來了，他輕輕地用他那隻蒼白而修長的手把試管架在酒精燈邊，這一架，全班頓時安靜下來，而我幾乎要睡著。

眼保健操開始了，音樂在廣播裏響起，可大家都很緊張，一邊用手捣著眼一邊繼續背元素表。而下巴一直磕在桌子上，眼睛半開半闔的我，既不做眼保健操也不背誦，給莫老師留下了深刻印象。

眼保健操結束了，我仍然沒有從桌子上抬起頭來。他，莫老師，挑了根白色粉筆，轉身在黑板上寫了什麼，似乎是一個方程式。困倦使我趴在桌子上，可我努力使眼睛向上翻著，這樣表示我是在聽課，我沒有睡著。結果，因爲努力要讓眼睛向講台上看，所以我一直是翻著白眼。

後來，許多天以後的某一天，在學校大門口，莫老師騎著一輛老舊的腳踏車，我穿著一件橘黃色的襯衫，蔫蔫地走在校門口，我們互相看見了對方。那個化學老師，後來我並不再叫他莫老師，他說，他在課堂上看見一個有著可怕白眼的女孩。他整整一堂課，竟然無法躲避那道奇怪的白眼。

我說，那天下午，是我太睏了。

太睏了？莫老師說。可是你不睏的時候也是這種奇怪的眼神。

是嗎？我茫然地說。

莫老師推著自行車走了幾步，快要離開學校的大鐵門了，忽然他又開始說話。

他說，那種白眼，不像一個十五歲女孩的眼神。就像是一種動物，一種時刻警惕的、防範的、卻又無法制服的動物。

十五歲，我成了個翻白眼的女孩。我對世界，似乎有著先天的恨意。

他，莫老師，想知道我爲什麼成爲這樣，成爲一個抑鬱的，翻白眼的女孩。

我們之間的故事就開始了。我們之間僅相差八歲。他，莫老師，是年輕的。

我們走在石頭鎮後面的唯一的山丘上，是個夜晚，月亮很大，很冷，掛在泛著波濤的黑色海面上。大海在腳底，像是一片墨。看看山間，墳塋上的馬尾草在晃動，輕飄飄的，還有螢火蟲，在墳草間閃啊閃。後山的泥土裏埋葬著石頭鎮的祖祖輩輩，也有我祖父和祖母的墳。

夜光中，我拽著莫老師的手，而其實我一點兒也不害怕，我連鬼都不害怕。

我說我不喜歡家。我最不喜歡的東西，就是家。

莫老師很驚訝，莫老師說，爲什麼？爲什麼不喜歡家呢？

沒有什麼爲什麼呢，家，什麼都不是。

家怎麼什麼都不是呢？莫老師很奇怪。

家，讓人快樂不起來。家，就是什麼都不是。

我這樣翻來覆去地說，卻不敢說我父母的事，七歲那年的事。

莫老師不說話了，琢磨著我的臉。過了會兒，我們都抬頭看著月亮，一個寂寞的冷清的大圓盤，冰冷地掛在墨色的天空，就像是我十五歲的世界。

莫老師說，我知道你吶，你父母，都不在了。你傷心。

我聽著莫老師的話，雖然有著稍微的吃驚，但是覺著，莫老師他知道，就是知道了。我不再去想莫老師到底知道我有多少，從哪兒知道的。反正，莫老師一直注意我呢。

山腳下有著海鷗的鳴叫，好幾隻海鷗，相繼地叫了起來。風鹹鹹地，吹拂著我的額頭。

莫老師輕輕地說，你，好像一直是受驚的樣子。

是嗎？我不知道莫老師爲什麼這麼覺得，可我實際上不再害怕任何東西，死人，墳墓，鬼魂，都沒什麼可怕的，有什麼比七歲那年的地洞可怕呢？

我這麼想著，忽然輕聲笑了。我的笑容似乎嚇著了他，他看著我的笑容，十五歲的，有生以來的歡顏。

莫老師目不轉睛地盯著我的笑容，可我短暫而新鮮的笑容，轉瞬即逝了。

你原來也會笑啊。莫老師終於說。

其實，你笑起來的樣子，還是挺可愛的。莫老師看著我收回笑容的臉。彷彿那兒有著一個神秘的海底世界。

而我想說點什麼，可是說什麼呢，有一些模糊的形象湧上我的腦海，一條船，船舷上的血，臨死的母親，拖著臍帶的我……這一切竟像是昨天的事情，歷歷在目，而這一切的發生，我又似乎並沒有在場。

我喃喃地說，不，也不是傷心，我父親，他，不知道活沒活著，反正，他從來都沒有回來過。從我母親死前，從我出生前，就沒有人再見過他。

我說完了，我不再說什麼，我也不想說啞巴男人的事，更不願去提祖父祖母的事，一切，都沉浸在這片寂靜的山，和悄無聲息的大海裏了。一切，都沉浸在我們的內心。

松樹葉子摩擦的聲音，窸窣地在暗夜波動著。偶爾有海鳥的叫聲，銀色的翅膀尖掠過波光粼粼的水面，摸黑早起的漁民從沙灘上拽拉漁網的聲音，嘩，嘩，也是那麼微弱，緩和。

我們看著月亮從東邊滑到西邊，我們一動不動，我們都不想回家。我們知道，在太陽升起之前，我們，都將回到各自的課堂。在天亮的時候，我們必須去向一個共同的，公共的地方。

我說，莫老師，我冷。

莫老師抱住我，翻開他外面的茄克衫，把我裹在他的茄克衫和他的胸膛之間。他的胸膛是溫暖的，在那小小的溫暖世界裏，我能聽見大海的回聲。

那個石頭鎮後山的月圓之夜，莫老師對我說，你還小呢。

我從他的茄克衫裏鑽出頭來，我說，我不小，七歲之前，我小，從七歲開始，我老了。我沒法穿連衣裙。你看，我從來不穿連衣裙。我說。

你爲什麼不能穿連衣裙？

不想。

爲什麼？

因爲，我羞恥。

羞恥？莫老師驚訝地看著我，他的眼睛裏，是山腳下泛著波光的大海。他那麼長久地看著我，那麼久，我都看見西斜的月亮從他的肩頭滑落了。

我忘記了很多的細節。我卻記得我們的第一次。

他的家空蕩蕩的，地上卻放了各種奇形怪狀的石頭，還有他刻的印章，刻刀。我終於看見在我們作業本後頭蓋紅戳的老虎章、獅子章和兔子章，那三個印章很隨便地扔在亂糟糟的桌子上，在我以前看來，這些印章是很神聖的，它們代表著我們化學課的學習成績，我們到底是優秀的獅子，還是良好的老虎，或者是誰也不想得到的不及格的兔子，這些都由莫老師掌握。可那一次，我站在莫老師凌亂的桌子前，卻發現這些神聖的印章只是他手裏的一些玩具。

他，莫老師，到底是個什麼樣的人呢？

我們在他那張單人床上，一開始我們都站在床邊，他顯得緊張，而我，卻是淡然的樣子，甚至有一點擔心他緊張。我們長久地不說話，能聽得見他越來越急促的呼吸聲。

他不再是我的莫老師。他變成了一個毫無經驗的男人。他就像是一個男孩。

後來我們坐下來，坐在床邊，我把他的一隻手拿了過來，我把他的手引向我的胸。通過他的手，我感覺到我胸部的溫暖，和柔軟。而他只是沉默地，順從地，聽從我的牽引，我讓他的手停留在我的胸口，然後，我帶領他，使他瘦長的手指解開紐扣，越過我的襯衫，進入我的胸口。

這一切，我幫他來完成了。我的莫老師，他顫抖著，他只是一個男孩，就像是七歲那年的我，滿懷恐懼，任一個更有力量的人支配。

我想我不會傷害他。

那是一張窄小的單人床。我的身體躺在那兒，潔白，細小，就像是一個純潔的嬰孩，就像是從未被摧殘過。我看著我的莫老師，我堅守著我的秘密。我試圖讓他相信，這是一個少女的身體，這個身體是潔淨的。

他的臉紅了，床邊淡藍色的百葉窗，在夏季的風中微微翕動，陽光透過百葉窗的柵欄，一道一道的射進來，他的臉，有一種波動和慌亂的效果。

他進來了。進入我的身體。

沒有血。沒有聲音。什麼都沒有，甚至都沒有疼痛。

我看見了那些白色的液體。像一條融化了白色的魚，從他的身體滴落在我的身體上。我見過這些白色的液體，很久以前，我七歲那年，在啞巴的家裏。我並不陌生。

我想我是在幫助他。

自始至終，我都在幫助這個男人。我在幫助他成爲一個男人。

莫老師，他是我的第一個平等相處的男人。

後來，他後悔了。可我並不後悔。

他覺得慚愧。他從床上坐起來，他一直看著身邊的百葉窗，他看見太陽光，在牆上的影子，慢慢地在傾斜。

我們墜入了一個深淵。一個只有互相的身體所溫暖的深淵。在這個深淵裏，我卻感覺安全，和自由。

莫老師，他是無辜的。我敢說。

可這個由兩人身體所構成的世界，並不因爲我的愛而使他減輕內疚。

我發現我的懷孕，是在那一學期的期中。期中考試快要來臨，在課上莫老師開始布置他的復習題，我不來上化學課，我只是在莫老師的家裏待著，看著牆壁上的掛鐘，四十五分鐘以後，我離開莫老師的家，背上書包，出門去上另外一節必須上的課，語文，數學，政治，或是體育課。在上課的時候我開始噁心，而且拚命吃酸東西。我知道發生了什麼事。

對我來說，一切還沒那麼可怕。可是，當我把這件事告訴莫老師時，他幾乎發瘋了。

我們想辦法去醫院做掉。可我們不敢去。我十五歲，可看上去，瘦小得只有十二歲的樣子。而且莫老師是我的老師，石頭鎮的人從大的到小的都認識他。他想辦法讓我出去看起來大一點，至少像一個二十多歲的女子一樣成熟，莫老師買了一件寬大的衣服，一雙我從來沒穿過的高跟鞋，和那種緊身的黑色彈力褲子。我穿上了，我看起來像個剛剛中學畢業在家的姑娘，塗上口紅，我至少比實際年齡大了五歲，可莫老師說，我的神情，仍然是個孩子。

我們不敢去石頭鎮的醫院，那兒幾乎所有的醫生都認識我們。莫老師先是一個人去了一趟嚚頭鎮，他跟汽車站的老瘸海生買的票，可能他是一個有知識的老師，所以老瘸海生並沒有過問他到那兒做什麼。總之，那是一個鄰鎮的小醫院，需要坐汽車翻過一片隧道和山丘。莫老師先去看那家小醫院，去檢查那邊的情況，後來，他回來了，他告訴我，那兒沒有認識我們的人。有一個婦科，可以做流產。我可以化名做。

我們計畫在星期六的中午出發。到了星期六的早上，我穿著平時穿的衣服，帶著我的專門的行頭，忐忑不安地熬過了上午的課，莫老師在星期六上午並沒有課，他去借了一些錢。我們約定在校門口一百米遠的五金鋪見面。似乎一切都準備好了。可是，到了中午的時候，下課鈴聲響過了，同學們一哄而散地離開了教室，我走出校門，我看著太陽，太陽明晃晃的，我一直抬頭仰望著，太陽，在空中逐漸放大了，先是那麼一個白色發光的球，最後變成了一個血紅的東西，它吐著火紅的舌頭，世界變成了紅色，像是鮮血。我站在校門口，我一眨不眨眼地看著太陽，我開始眩暈起來，我看見了我腹中的小嬰孩的樣子，他是可愛的，可他的身體四周裹著鮮血，那似乎是我曾經見過的鮮血，那是來自石頭鎮海邊一條舊船上的鮮血。那是死亡的鮮血。那並不是嬰孩的鮮血。那是我臨產的母親的鮮血。我逐漸看清了。我的小嬰孩，他是無辜的。他不要死。我不讓我身上的東西死。我不讓我愛的任何一件東西死。

母親死了，祖父死了，來娣死了，祖母死了，我不要讓這個世界再有死亡。我不要讓我的小嬰孩死亡。

我看見了一百米前方的五金鋪前站著的莫老師。我看見了太陽下微微蹙眉的莫老師。我看見了背著背包的莫老師。我看見了比我更無助的莫老師。我看見了離我越來越近的莫老師。我向他搖搖頭。我說，不，我不去。

我們沒有去成。

期中考試過後，莫老師的日子越來越難捱了，因爲我的症狀越來越明顯，經常嘔吐。我不來上課，不僅是化學課，連其他的課都不來了，我成爲學校的怪人，大家認爲我是一個浪蕩的女學生，儘管他們沒有發現我最大的秘密。

莫老師說，如果你不去做，離開學校的，不是一個人，而是兩個人，我們兩個人。

我看著莫老師，我說，我不在乎學校。

我們長久地僵持著，最終，我妥協了。

像第一次的程序一樣，星期六的中午，我們在離學校門口一百米遠的五金鋪前見面。那些金屬，那些釘子，榔頭，錘子，螺絲，在陽光下發出寒冷的光。五金鋪的小老闆看著我們倆，像是知道了我們的秘密。我們背著他的目光逃離了，帶著我該換的成年人的衣服，我們來到石頭鎮車站的時候，車站裏空空蕩蕩的，並沒有見到我們要坐的車。可是我們知道每天中午，這兒有一趟車是去往鄰鎮的。莫老師去值班室問老瘸海生，老瘸海生說，不巧，車壞了，去修了。最快也得修一個下午。莫老師很著急，可又不願多說什麼。老瘸海生說，莫老師，你有急事嗎?你要是有急事，我可以給你找一輛拖拉機來，冷凍廠那頭有一輛拖拉機剛好要出鎮。

老瘸海生說著從裏頭走了出來，走到車站門口的時候，他看見了站在牆角的我，老瘸海生看了我一眼，沒說什麼，他匆匆地去冷凍廠叫拖拉機去了。

我想老瘸海生是個好人吧。

坐上手扶拖拉機，我們沿著石頭鎮的海行駛，我們穿過了長長的山丘隧道，石頭鎮的海再也看不見了，鹹澀的海風再也聞不到了，我到了鄰鎮的罨頭鎮醫院，莫老師說，我幫你去掛號，或者，你化一個名，別人可以不知道你。我說，爲什麼要化名？沒人知道我的眞名，以前人們都叫我阿狗，現在，我就叫蔣珊紅。

莫老師不再勉強我。我自己去掛了婦產科，用的眞名。

我進入了那間又髒又小的診室，我躺在那張狹窄的冰涼的小床上，我脫光了我下身的衣服，我高高地叉開了我的雙腿，我看著醫生手裏尖利的器械伸進我的身體，我聽見了剪刀的聲音，吸附的聲音，金屬刀柄撞擊的聲音，最後我聽見了「鐺」地一聲，我的一個肉體，我的小嬰孩，他被剪了下來，他被醫生扔在一個白色的手術盤裏。

當我把高高叉開的雙腿放了下來，蒼白無力地坐在手術床上，我看見醫生端著那個白色的手術盤，裏面躺著一塊血淋淋的肉，其實，他（她），已經不完整了，那只是血肉模糊的一個東西。

醫生不帶任何感情色彩的說：就是這個。切出來一半。吸出來一半。

醫生的聲音，就像是那些金屬器皿的聲音，冰冷，尖利。

我的汗水黏濕了我的頭髮。我並沒有哭。

疼痛嗎？並不疼痛，那是一種羞恥的疼痛。

我一件一件地穿起我的衣服，寬大的上衣，黑色緊身彈力褲，白色高跟鞋……醫生看著我的濕漉漉的臉，幾秒鐘後，她一字一句地問：你到底有多大？

我沒有回答。

我背朝她轉過去，我聽見她在我身後慢慢地說：你以後可能不能生小孩了。

我搖搖晃晃地走出手術室，我迎向我的男人，在他驚恐的眼裏，我再一次地看見了我的羞恥，像一束煙，在四周升起。我認識這種恥辱，我熟悉這種恥辱，那是一種我以爲在我的成長中已經消失了的恥辱。

坐著手扶拖拉機，我們離開磬頭鎮醫院，我的臉色蒼白，我原來紮著的頭髮散了，我的手無助地搭在莫老師的手上，他的手緊緊地拽著我，那麼緊，似乎一放手我會死掉，可是，我仍然在他的緊握裏感到了他同樣的無助。拖拉機顛簸著，我們的身體顛簸著，我們一言不發，我們看著海洋的邊緣越來越近，我們看著石頭鎮離我們越來越近，我們都覺得空洞而悲傷。我難過地快要哭出來。

對，是悲傷，而不是疼痛。

那種悲傷，卻並沒能使我哭出來。

我感覺我的身體空了，我的小嬰孩他走了。我看見我的小嬰孩飛了起來，飛在那片布滿陽光的大海的上空，他有著奇怪的形狀，一開始他是可愛的，可慢慢地，我看清楚了我的小嬰孩，我的死去的寶貝。他的黑色的大眼睛無限地放大，就像是兩個即將吞噬世界的黑洞，他的膚色是那麼白，那麼透明，就像是一個剝了殼的雞蛋，他潔白地飛在空中，像個百分之百的小天使，我看見了他的手，他的腳趾，可是，我的小嬰孩，他就像是一隻剛剛破殼而出的小鴨子，他的手掌，他的腳趾，完全是併攏著的，並沒有分開，像是一扇蹼，似乎需要一把刀子把它們分開才行。我的小嬰孩飛啊飛，他變得如此可怕，他的白色的肚子像是一個碩大的魚鰾，又像是一個溺了水的嬰孩，我一眨不眨眼地看著我的小嬰孩，他在變樣，他在變，有時候，他是那個死在海塗地裏的來娣，有時候，他又變成了七歲那年的我，被啞巴男人囚禁在地洞裏，周圍只有黑暗和暴力，有時候，他又變小了，變成了一個棕色的瓶子，我逐漸認出那只瓶子，那是祖父喝下去的樂果瓶。我的小嬰孩，他變成了一個可怕的物體，他不再可愛，他遭人恐懼和嫌惡，他不再那麼自由地飛，他在天空飄浮著，他擋住了太陽的光芒，他變成了一個四周發亮的黑色物體，而太陽的光芒，在中心變成一團黑暗，只是透過這個巨大的飄浮物的邊緣滲漏下來。

他，我的小嬰孩，他變成了黑暗，變成了太陽下的陰影。他是邪惡的。他還在空中哭，可他的哭聲，根本不令人憐愛，他，化爲一場夢魘。

我們回到了鎮裏。我們回到了學校，我們裝作什麼也沒有發生過一樣。我們希望周圍沒有什麼改變。可是，身邊的世界在我們去往鄰鎮小醫院的途中已經叛變了，任何一個有可能知情的知情者使得全校都成了知情者，接下來整個石頭鎮的人都成了一個敵對聯盟。我無法再在石頭鎮繼續生活下去，我成了石頭鎮臭名昭著的女孩。我的身世，我不幸的家庭，我七歲時候的啞巴男人的故事，我的小嬰孩，都裏在一起，裏在人們的唾沫裏，有一天，對，那是我在那個中學的最後一天，教導主任來了，他說校長找我談話。他把我帶到校長辦公室，我一進去就看見了辦公室窗口面向操場的大喇叭。當我的視線從大喇叭的方向收回來時，校長對我說——

蔣珊紅，學校不能留你這樣的學生。

我走出校長室，我知道那個安放在校長室窗口的大喇叭會向操場播送出什麼。

我想我眞的像人們所說的，我玷污了石頭鎮的名譽。

可石頭鎮的海水，不是一直渾濁的嗎？

我不再在石頭鎮固守下去。在石頭鎮，我是一個徹底的孤兒。

那一年，我十五歲，我永遠地離開了我的石頭鎮。

十幾年以後，我在這座城市的一幢二十五層樓的居民區裏，我跟朱子在一起，郵差的自行車鈴聲劃過了記憶的盲區，我收到了輾轉而來的一封信，是來自莫老師的信，信寫得那麼有節奏，竟像是一個搭著分子結構的有序的化學公式。信裏說：

珊紅，你好：

請別奇怪這麼多年來，忽然給你寫信。

我想你應當是記得我的筆跡的，而且你知道我最終會給你寫一封信。

事實是，對於感情，我射出了兩道光線，一道是你，另外一道，是我現在的生活。

你知道，感情就像是光線，沒法轉彎，只能在反射和折射中損失掉光芒。我這麼說，是忽然覺得，我們之間的光芒，這麼多年來，到現在，幾乎是要消失掉了。

可是，說是光線，可能更像是化學裏的有機物，有機元素越多，腐爛越透，氣味越濃，這種氣味在我身上留得那麼久。直到現在。

而我現在的這道光線，卻是一種無機物，它不會埋藏起來變成煤。是的，我結婚了，一切都正常。

我仍然在石頭鎮中學教化學，做了班主任，很忙。學校操場後頭的梔子花都開謝了，鎮裏開始動員今年防颱的工作，再過一些日子颱風就來了。

祝你一切都好。祝願你有一個很好的未來。

莫老師

六月三十日下午三點

仍然是我記憶中的莫老師的口氣，仍然是那種像上化學課似的的說話方式，仍然是那種疊加和遞進式的總和，卻有如一道我從來就學不好的有機化學的公式。我反覆地看著這封突如而來的信，從頭到尾，從尾到頭，我幾乎在拆開信之後的那段時間裏反覆讀了幾十遍，當時，我是想回信的，我想告訴他，其實我還是愛著他，這麼多年過去了，很奇怪，我對莫老師的感情就像是昨天剛剛走掉的愛情，我也想告訴他，我現在有朱子，我也愛朱子，我想讓他知道，這兩種愛是不一樣的。可是，當我再次看這封信的時候，終於又發現，這是一封根本不期待回信的來信，裏面根本沒有過問我的生活如何如何的句子，或者說，我們之間已經停滯在了過去，而這封信，它像是莫老師對我的一次正式的告別。

最後，我決定把這封信收起來，不再打開它。

這就是我與莫老師的故事，這就是我的小嬰孩的故事，而他們，我的心愛的男人，我的小嬰孩，他們都埋葬在了深深的馬里亞納海溝了，是的，埋葬在世界上最深的地方了。在那兒，也許偶爾有小嬰孩的哭聲從黑色的溝底泛起，可最終，被黑色的漩渦吞沒了。被我記憶的深淵淹沒了。

朱子，你仍然不知道馬里亞納海溝。你仍然不能深入一萬一千零三十四米深處的故事。

19

那天發生的事，似乎是非常偶然的。

那天我剛好不上班。

那天早晨，我準時地在早上八點鐘醒來，就好像眞是爲了趕那一趟八點到八點四十五分的有太陽的班車。可是，天不作美，外面陰沉沉，是個壞天氣，我的心情也隨之消沉下來。身邊並沒有朱子，我聽見有淋浴頭噴水的聲音，朱子在洗手間裏含混不清的唱歌，他哼的是趙傳的歌：「我是一隻小小小小鳥，想要飛卻飛不高，我尋尋覓覓……」我的小鳥住在一層樓的監獄裏，確實是飛不起來，看看表，小鳥爲什麼這麼早起床呢？

我想起來了，他今天要參加一個飛盤比賽。

不一會兒，朱子走了進來，濕漉漉的搭著浴巾。然後從衣櫃裏翻出一件白色的T恤衫，一條藍色的運動短褲。

我從床上坐起來，卻覺得身體沉重，乳房有腫脹的疼痛，有什麼感覺是跟往日不同的，有什麼不同呢？我看看牆壁上那畫了紅圈的月經周期。我才發現，已經一個月零十二天了，我並沒有來月經。

很不妙。我心煩意亂起來。

果眞，壞天氣，壞心情。

我打量著朱子，他現在已經穿上運動的一身，套上了白襪子，他看起來一身輕鬆，沒有什麼東西令他煩惱的，男人，三十歲之前的男人，也許眞的得抓住僅剩下的那麼一絲輕鬆了吧。我能夠想像他在綠色的草地上擲飛盤的樣子，我想，那可能是我愛他，也是不能愛他的一個很重要的理由。

我聽見鐵門被撞上的聲音，繼而，朱子的腳步聲消失在走廊的盡頭。現在，房間裏只剩下我一個人，我依然是壞心情。起身，套上一件很短的透明睡裙，走到洗手間裏給自己糊上一張甘菊花面膜，然後我戴著那張濕漉漉的面罩，走回臥室，把牆壁上掛著的月曆取了下來，我一個月一個月地翻我以前的月經周期，每個月都是用紅筆圈的那麼幾天，但現在……我開始知道不妙了。

有那麼幾秒鐘，我開始害怕起來，我不知道我害怕什麼東西，這種害怕也跟外部無關，是從我體內發出來的，我感覺到一種徹骨的孤獨。這種感覺，在我跟朱子的生活裏，是很少出現的。但現在，我眞的害怕起來。

貓在二樓的陽台上叫著。

這時，像是有一個人冥冥之中感知到我的孤獨，似乎要趕來救我一樣。就在那一刻，門鈴響了起來。

門鈴執著地響著。

我想會是誰呢？可能是朱子忘記帶東西了，我這麼一想，並沒有準備套上一件正式的衣服，也只是讓臉上濕漉漉的面膜亂七八糟地待著，我徑直跑到門口打開門。

門外站著一個完全陌生的男人。

我的第一反應是用手壓了壓我那令人侷促的睡裙。可是，我想比我那短小透明的睡裙更令人難堪的是我臉上那張面具，白色面膜一定是嚇著他了，我覺得非常尷尬。

那個站在門口的男人，準確地說，是一個老人，他用異常奇怪的眼神打量著我。他的眼神裏，有一種說不清的東西。

臉上的面膜還濕著，我的樣子可能像個瘋子。我想他是找錯人了，我希望能盡快結束這樣的對視。

可是面前站著的男人，不，準確的說，老人，他只是一言不發地望著我。

我不禁有些惱火，生硬地打破這個局面：「你找誰啊？」

老人終於緩緩地說出一句：「你是珊紅？」

我愣了一下，點頭，這個陌生人，他認識我嗎？爲什麼連我的姓都不叫？

老人激動地追問：「你就是蔣珊紅？」

我開始讓自己冷靜下來，這個老人，我重新打量他，差不多五十五六歲的樣子，可是，看他的白頭髮，似乎應該有六十了。他的眼睛，他的嘴唇，他說話的樣子，令我感到莫名的似曾相識，可是，確實，我這輩子，沒有見過這個人。

我忽然有一種巨大的預感，這種預感讓我發抖起來！我希望，事實不是這樣的！

我開始下意識地掩住我的臉。

老人站在門口，很誠懇地說：「我能進來嗎？」

我們對視了三秒鐘。老人看起來是善良的。不僅善良，他的臉龐有一種難以言盡的親近感。

我沒有點頭，也沒有搖頭，我虛掩上門，很快地進屋，跑到水龍頭底下，嘩嘩地沖我自己的臉，然後拿了條毛巾迅速把臉上殘餘的面膜擦掉，我幾乎來不及擦乾臉，衝進臥室，然後打開衣櫃給自己套上一件襯衫，我忐忑不安，內心裏有一種可怕的力量使得我心跳加速。

從鏡子裏看了一眼自己，我再次回到門口，把門完全拉開，我說：「進來吧。」

這下，我想老人是看清楚了我的長相，他似乎愣在門口，目光全部在我的臉上。

難道有什麼東西還沒洗乾淨嗎？我不禁用手摸了摸臉龐。

老人遲疑地進來，他站在通向臥室的過道，兩邊是廚房和廁所，站在過道那兒能看見凌亂的臥室。臥室的床上，朱子的短褲，襪子，和我的內衣，扔在團成一團的被子上。老人瞟了一眼臥室牆壁上那張大海報，《尤里西斯生命之旅》，哈維·凱托也凝視著老人。

我還沒有開口，老人面朝我，一字一句地說：

「我是你爸爸。」

老人說完這句話，世界忽然靜止了。

我站在狹窄的過道裏，狹窄的過道裏站了另外一個人。我看著這個陌生的老人。我看著這個自稱是我爸爸的老人。

我該說什麼呢？我能說什麼呢？

我不能說什麼。

我能說的只是這麼個字：「坐。」

說出這個字是毫無意義的。

不管他是個瘋子或眞是我爸爸，我得做點什麼，我趕緊跑到廚房裏倒了杯水，放在他面前的桌子上。

做完這一切，我不知道我還能做什麼。查他的戶口？問他的名字？籍貫？年齡？職業？從哪兒來？怎麼找到這兒的？還是假設他是我父親，質問他爲什麼直到現在才來找我？

老人也根本不喝我爲他倒的水。

我呆呆地站在放了張小桌子的過道中間，極度侷促地看著自己用襯衫裏住的短小睡裙，光著兩條大腿，我的樣子一定非常糟糕，像下身沒有穿東西。

我們兩人就像兩根蠟燭一樣戳在過道裏，前面通向堆滿內衣的臥室，後面通向大門，左右兩邊是廁所和廚房，我們朝哪個方向走都不合適。

老人開始說話：「我叫蔣清林。」

我不知道誰是蔣清林，事實上即使有人告訴過我父親的名字，我也不會記得，爲什麼要記得父親的名字呢？我甚至連母親的名字都記不起，我生下來都沒有見過他們，既然這樣，名字能說明什麼問題呢？

老人繼續說：「幾十年來我一直在外面，幾年前我聽說了你的事，知道你離開了石頭鎮，我打聽了很多人，找了很長時間才找到你。對不起，是不是讓你覺得太突然了？你一個人住在這兒嗎？」

我遲鈍地點點頭，可又意識到我不是一個人住，我又馬上搖了搖頭。

我忽然想起石頭鎮童年的往事，想起祖父臨死前跟我說過的兩句話，那是他唯一的一次說到有關我父親的話。那一天，是下雨的天氣，我記得很清楚，祖父從樓上下來，忽然開口對我說：

阿狗，你以後要是見到你的父親，告訴他，我活得不好。

我清晰地記得那天的感覺，記得下雨的天空顏色，和祖父說話的口氣。

過了沒多久，祖父自殺了。

我記得這一幕。永遠忘不了了。

可是那一幕場景，只是我跟祖父間的秘密，沒有第三個人知曉，包括眼前站著的這個自稱是我父親的陌生男人。祖父說的話，就像是刻在我素未謀面的父親的墓碑前的一段墓誌銘。那一段話，似乎注明了父親一生的過錯。儘管我從未想過在我二十八歲的時候，在這個遠離故鄉的城市裏，接受一個父親。

現在，二十多年後，有一個老人站在我面前，他說，他是我父親。我該如何回答呢？告訴他祖父的話嗎？這句話在二十年後，是不是已經失效了？或者，告訴這個老人，祖父是如何去世的嗎？他是否知道，祖父的去世？

面對這個自稱是我父親的男人，我真的不知道該說什麼。

老人完全感覺到了我的情緒，他轉過身去，似乎要離開的樣子，可是他又欲言又止，

似乎期待著我能問他點什麼

可我眞不知該問什麼。

他走到門口，還是把他看起來憋了很久的話說了出來，他緩緩地說：「珊紅，我得了癌症，是晚期。」

我怔住了！

老人打開門，掏出一張名片遞給我。

「上面有我的電話。」老人匪夷所思地把名片放在我手上。

門已經被拉開了，我並沒有挽留他，看起來他必須離開這間屋子了，可忽然，老人的手有力地拽住了門把，似乎這是最後一次在這間屋子裏的機會，我注意到了，他的手指修長而蒼白，非常像我的手指。

只聽他說：「我本來不想告訴你的，可是，我知道你還在這個城市，你現在是我唯一的親人，我活不久了，醫生說最多只有兩個月，我就是想見你一面。我不用你照顧。看到你生活得不錯，我就放心了。」

老人緩緩地拉開門，準備離去。

我仍然僵立在客廳，鞋底像被黏在了地上，我無法知道我能做什麼。

老人的手終於送開了門把，最後，他轉過頭來說了一句：「珊紅，對不起，讓你太意外了。」

老人的腳步聲消失在走廊裏，他的背影像是個日本老人，禮貌而節制，卻又似乎壓抑著什麼。我能聽見走廊中部的電梯門開了，下來很多居民，他們的嘈雜聲立即淹沒了這個自稱是我父親的、身患晚期癌症的老人的腳步聲。

老人走後，我呆在房間裏，我的大腦一片空白。

我開始回憶這個老人穿什麼樣的衣服，似乎是一件深藍色的樣子普通的襯衫，料子不是太好，應該是大街上隨處可見的那種便宜的襯衫，一條灰色的西褲，印象中那條西褲是沒有筆直的縫的，一雙褐色的光澤黯淡的牛皮鞋。他的穿法，似乎跟任何一個到了他這樣年齡的老人沒區別。如果他是我父親，我想我的父親怎麼可能跟任何一個父親並無兩樣呢？那些關於我身世的跌宕的記憶，來到眼前時竟如此平常嗎？

我開始意識到記憶在歲月向前走的力量中的不值一提。

既然我從未想過我的父親在世，既然我也曾暗自祈禱即使他在世，也最好不要出現，但老人的形象，已經出現在我眼前，不管我是否願意跟他發生聯繫，事實上，他已經強迫我與他發生聯繫了，癌症晚期，活不了兩個月，不管是否眞實，已經造成對我平靜生活的壓迫。

我無端地鬱悶起來，心情煩躁。我後悔早上應該早點起床，然後跟朱子一起出門，這樣我就不會等一個瘋子找上門來了，這輩子也就躲過了這個癌症晚期的自稱是我父親的人了。

午後，我竟然想不起來要吃什麼。

打開冰箱，又再次關上。我不想一個人做飯，我想即使吃了，也是味同嚼蠟。

老實說，我想忘記石頭鎮的所有人和事，我希望石頭鎮成為我前生的地方，那兒埋葬著我隱秘的記憶。而我祈望與朱子在一起的現世，是和平的，安全的，沒有陰影的。在童年的石頭鎮，我失去了我所有的親人，生我時死在船上的母親，從未出現過直到有一天我不再想起「父親」這個名詞的時候卻突然找上門來的父親，還有喝下敵敵畏自殺的祖父，以及相處時間最長的一輩子沉默的祖母，在那個地方，在我沒能知道一個「家庭」的意義之前，我已經失去了家庭的全部結構，在那個地方，我遺棄了我自己，那個在我七歲開始把生殖器插入我身體的啞巴男人，埋葬了我對於尊嚴、希望、安全、幸福的所有想像，在那個地方，我失去了我的寶貝，我的小嬰孩，他（她）曾經在我腹中恥辱地生長了幾個月。我失去了我的小嬰孩就像我失去了我的莫老師。當我十五歲離開石頭鎮的時候，我決定，這輩子不再回來。我決定，讓十幾年前所有見過我的人，忘記我。

可我沒想到先是有鰻魚鯗，接著竟有人找上門來。

午後，朱子回來了，渾身冒著熱氣，全身上下，像個煮熟的龍蝦一樣紅紅的，泛著太陽的顏色。飛盤鼓在他的背包裏，白色T恤衫的腰部上沾著草坪的幾根草。

朱子放下背包，脫了汗濕的T恤，發現我的神情異樣。

「怎麼樣？今天都做什麼了？」

「沒做什麼。」我支吾著。

「什麼都沒做嗎？」

「唔。」

「那中午吃什麼了？」

「沒吃什麼。」

「什麼都沒吃嗎？」朱子奇怪地望著我。

「唔。」

「你這幾天怎麼有點不對勁啊？」

「是嗎？怎麼不對勁啊？」

「我知道了，」朱子抬頭看牆壁上的月曆，「你又到你那幾天了吧，怪不得脾氣不好。」

我沒說話。

「渴瘋了。」朱子嘟囔著，從桌子上拿起一杯水就往嘴裏灌，我注意到，這杯水，是我爲那個自稱是我父親的陌生男人倒的，而他並沒有喝，甚至都沒有坐，就走了。

朱子一口氣喝光了杯子裏的水，放下杯子，拿起桌子上的一張名片念起來。

「蔣——，也姓蔣啊——蔣清林。」

他很認眞地念道。

「誰是蔣清林啊？」

我一陣緊張，該怎麼說呢？

「這個嘛，我也不認識他。但是他說他是我父親。」

「什麼!?」朱子的眼珠都要蹦出來了。

「對，他上午敲門進來，找我，說我是他女兒。」

「……」

「你不是說你沒有父親嗎？」

「是啊。」

「那，又是從哪兒冒出來一個父親？」

「哪兒冒出來的，我也不知道。」

「那你父親到底是死了，還是沒了——你生下來他就走了？」

「我也不知道呢。因爲我也從來沒見過他。」

「你從來也沒有見過他，那你怎麼知道他就是你父親呢？」

確實是，我怎麼知道他就是我父親呢？我沒話可說了。

我的動作開始變得無意識起來，兩眼茫然地，收拾桌子，櫃子，把朱子剛脫下的T恤衫放進洗衣機，然後放洗衣粉。

然而朱子想知道更多。

「那他長什麼樣？」

「他，有點像我呢。」

「就是說你長得像他？」

「嗯。尤其是那雙手。」

「手？手怎麼可能看出來有父女關係呢。」

「還有，他叫我的名字，珊紅，他叫我時，感覺跟別人叫我不一樣。」

「可我叫你珊紅時，你的感覺也跟別人不一樣，不是嗎？」

朱子似乎對這個突如其來的事件不太接受。

「而且，他得了晚期癌症，醫生說他至多還有兩個月的時間。」

「啊？」朱子驚愕地。「那他一定是個孤寡老頭了。」

「可能吧。」

「那他說不定是想找個什麼人照顧他呢！」

「也許吧，可是他說不需要我的照顧。他說只是想看我一眼就好了。」

朱子被突如其來的事件弄懵了，他不再問問題，轉而從冰箱裏掏出一瓶冰檸檬水，倒進杯子裏，然後他端著杯子走到客廳的沙發上坐下，喝了口冰水，安靜地開始重新思考這件事。他似乎決心要搞清楚這事。

「你看，珊紅，有一個手長得很像你的陌生老人，今天中午來敲門，說是找你，而且說他是你的從未見面的父親，然後從他的名片上來看他也姓蔣，最後他告訴你，他得了晚期癌症，最多還有兩個月，可是他還說不用你照顧。結果，他就走了。沒有任何要求。」

我點點頭，不曉得他要分析出什麼，或者是做一個什麼結論。

但是朱子並沒有做出任何結論。

「最後，他就走了。」朱子喃喃地。

「對，他就走了。」我也悵然若失地說。似乎這就是所有推理的結論。

「那你應該就當作他走了，當作從沒出現過這個人。」朱子說。

我沒有回答。

如果照朱子這麼說，我的內心是不可能接受的。一個老人出現了，完全陌生的老人，如果他不需要我，他不會出現的。如果我忘記中午這個不期而至的陌生人，那還不如把這件事當作午後的一個夢呢。一覺醒來，朱子從飛盤比賽中回來了，我只不過把這個夢境告訴了從陽光和草地中回來的他。

我暗自想，如果我不能忘卻這場短暫的事件，那我就眞的把這當作午後一覺醒來，回憶起來的一個夢。

20

我向錄像店請了半天假，我們一起去了醫院。

朱子坐在婦科門口那張綠色的長椅子上，椅子上坐了四個男的，一律愁眉不展，面色憔悴。那是一張似乎坐著全世界最失敗的四個男人的椅子。綠色的油漆剝落了，多少男人在這張長椅子上坐過，等待著他們的女人的身體，從「婦科」那個牌子的門裏向他們飄過來。

拿了尿樣杯，去醫院的廁所撒尿，尿樣杯還給化驗科，十分鐘後，化驗出來了，化驗單上用紅章蓋著兩個字：陽性。

我拿著那張化驗單走出來，走向那張綠色長椅，我把單子遞給他。

他看了看，不說話。

我說：「要是節省時間，今天就可以做掉。現在進去跟大夫說一下，半小時後就能做了。」

朱子還是不說話，他在想什麼嗎？還是根本什麼都沒想？

我把朱子手裏的化驗單抽了回來，轉身要往「婦科」牌子的房間回去。

「你幹嘛？」他有點緊張。

「問一下醫生。」我冷靜地說。

「問什麼？」

「怎麼做，什麼時候能做。」

我說完，徑直走進醫生正在診斷的辦公室裏。

婦產科醫生看起來是個善解人意的，能體諒別人難處的女人。

「有兩種辦法可以流產。一種是藥物性人工流產，一種是器械性人工流產。」醫生言之鑿鑿。

「哪一種不痛？」我紅著臉問道。

「其實你要是能忍，兩種都不痛。」醫生從病歷上抬起頭來，很認真地注視著我：「你不是已經流過一次產了嗎？雖然十多年前沒有麻藥，但你應該知道怎麼回事。」

我點點頭。

「藥物流產分幾個步驟，適用於妊娠四十九天以內無禁忌症者。首先是要服用米非司酮一千五百毫克，第二個步驟是四十八小時後再服用米索前列腺六百微克。繼發子宮收縮、腹部疼痛，陰道出血，多數在六小時內排出胚胎，胚胎狀似一個白色圓球肉塊，請一定收集保留在小瓶裏交回查看。少數婦女於一周內排出。如果排不乾淨則會繼續妊娠，還須進行器械性人工流產。在流產過程中，除下腹疼痛外，有些患者出現嘔吐、腹瀉及發熱症狀。藥物流產後出血量較多，出血時間平均十至十五天，成功率稍低於器械性人工流產。」

醫生頓了頓。

「器械性人工流產的過程比較快，只需手術，也叫吸宮流產。以前用於早期人工流產的刮宮術，現在已爲人工負壓吸引術所代替，而晚期人工流產則以水囊法爲主，某些羊膜腔內藥物注入法及宮內黏膜藥物注入法都有一定效果，目前仍有應用者。那至於鉗刮術，僅行於妊娠十至十四周不能用其他方法做人工流產者。手術對人體影響不大，但有下列情況者不宜施行此術。

「第一，患急性生殖器炎症，如盆腔炎、滴蟲性陰道炎或黴菌性陰道炎。第二，周身情況不能勝任手術者，各種疾病的急性期、嚴重期，如嚴重貧血、肝炎、心力衰竭急性活動期、腎炎腎功能衰竭等。第三，手術前兩次測體溫超過攝氏三十七度五，不能做手術。第四，三天內有性交史的，暫不能手術。」

我沉默了一會兒。

醫生看著我的反應。

「哪一個便宜些？」我囁嚅著說。

「你單位可以報銷嗎？」醫生馬上反問道。

我搖搖頭。

「像你這樣私人做，不能報銷的話，藥物流產能便宜幾百塊。要手術流產的話，得要一千六百塊。」醫生體諒地說。

「那，就藥物流產吧。」我輕聲地說。

「但我必須跟你說明的是，藥物流產是百分之九十到九十五的成功率，因為有時候不是百分之一百的排乾淨。雖然這個比率很小，但是，如果不能排乾淨的話，」醫生很嚴肅地說：「就得刮宮了。那是比較痛苦的。」

我的心被抽了一下。

我們走回家。下午，我並沒有去上班。我被一種絕望的情緒包圍著。

朱子仍然一言不發。

貓整個夜晚在頭頂叫著，當大樓在深夜沉睡時，貓叫的聲音，使得整個世界顯得如此空虛，冷漠。一切都是空蕩蕩的，抓不著什麼。我，什麼都抓不到，在這個世界。

第二天早晨，當我在床上醒來的時候，發現身邊是空的，我支起胳膊，陽光幸運的在房間裏灑了小半圈，朱子坐在窗邊的藤椅上，只穿了一條內褲，一聲不吭地抽菸。菸的線條，在早晨的陽光中格外清晰，柔軟。

雖然一切都不盡人意，可早晨畢竟能曬到四十五分鐘的陽光，也算是好事吧。

「你醒了。」

朱子吸進去一口菸，沙啞著嗓子說。他看起來像是一夜沒睡。

「你什麼時候起來的？」

「很早，天沒亮的時候。」

「爲什麼？」我下意識地抬頭看天花板：「樓上吵嗎？」

貓已經不叫了。

「今天不吵啊。」我聽了聽整個大樓的動靜，說。

我知道他在想什麼，我知道他不好意思主動跟我說去醫院。

我坐起來，看看手錶，我想盡快說出那句話：「你陪我去醫院吧。」可我還沒來得及吐出第一個字，忽然聽見朱子在藤椅上說：

「珊紅，我們結婚吧。」

他說完，往陽光下吐出一口煙，房間裏的光線忽然模糊了起來。

我懷疑我是聽錯了，我怔怔地看著朱子。

「我們結婚吧。」朱子把菸蒂掐在了菸缸裏。「而且，我還想要這個孩子。」朱子從藤椅上站了起來，向我走了過來。

我們抱著，久久地不放開對方。

飛盤要落回地面了。我想，飛盤在空中劃了一個悠長的、寬廣的圓圈之後，要落回了地面。

21

那天以後，醫院再也不去了。

朱子說，九個月後，或許八個月後，我們再去那家醫院，再去找那位善解人意的婦產科醫生幫忙。

我們決定不做B超，不想提前知道是女兒還是兒子。一切都讓媽祖娘娘決定吧。

我的心情溫和起來，身上有什麼東西讓我沉甸甸著，讓我溫暖著，而這個東西是屬於我自己的，這個東西也把我和朱子前所未有的聯繫在一起，這種東西就像是個飛盤，以前我一直接不著，可現在，飛盤穩穩地接在我的手裏。

當朱子在人才交流中心的求職表「年齡」一欄裏填下「30」的那一天起，他不再說工作是愚蠢的。他開始出現在不同公司的面試名單裏。他的飛盤安靜地落在大衣櫃的上方，打量著這個已經長大的男孩。

那條來自石頭鎮郵局的乾鰻魚羹，從冰箱到案板，來來回回，我們吃了很久，從鰻魚蓋飯到鰻魚湯，從乾蒸鰻片到紅燒鰻塊，它龐大的體積一點點地被我們消耗了。難以相信的是，朱子竟然買了本專門介紹鰻魚食譜的書，逐道菜譜研究，在一次又一次地設法烹調鰻魚羹的過程中，我逐漸相信即使朱子找不著工作，我們也不用發愁了，因爲我們能開一個鰻魚料理店，即使開不了料理店，我們也能找一家高級的鰻魚料理店當廚師，因爲我們能做出全市最地道的鰻魚餐來，要說先前那種難以忍受的鹹腥味，朱子說那是一種昂貴的味道。

一切都好起來，就像鰻魚羹逐漸消化在我們日常生活的胃中，我們變得有精神有體力，我們也不再失眠，這一切，鰻魚食譜是有功勞的。

唯一無法慰藉的事，是那個自稱是我父親的老人，他再也沒出現，我常常想到他，一個並沒有什麼特徵的老人，他脖子上可能長著我並沒有注意到的老年斑，他的背可能有些駝，他可能有時候腸胃不好，時常便秘，或者他剛剛戒菸什麼的，然而，他的樣子在我的大腦裏過了一千遍，我並沒有找到我不喜歡甚至厭惡的地方，反而我覺得，他似乎是一個和善的老人，尤其是那雙手，很像我的手。

那張名片，我是留著的，爲了防止遺失，我把它夾在我的日記本裏。只不過不想把它拿出來反覆看，因爲，名片上除了「蔣清林」三個字，只有一個電話號碼，和一個已經用黑粗鋼筆劃掉的位址。

我仍然無法決定，我是否要去撥那個電話號碼。

閒下來沒事的時候，我和朱子偶爾會聊起這個老人，我說他可能眞的只能活兩個月了，他可能眞的是躺在某一家醫院的床上，孤身一人，唯一在二十四小時裏陪伴他的只有氧氣瓶和通流食的兩根管道，當我這樣想的時候，朱子試圖讓我離開這個話題，朱子說其實父親對我來說早就死了，他的出現就像是幽靈出現一樣，或者乾脆就是個幽靈，主要目的是讓我原諒他，原諒一個從來都不存在的父親，原諒一個從來都沒有給予我愛的父親。朱子這麼說完，我覺得有道理，便努力讓自己不再去想那個曾經活生生站在房間過道裏的老人，畢竟，我們頭頂這幢二十五層居民樓裏的嘈雜聲，以絕對的力量，無時不刻地把我們的內心微弱的漣漪淹沒了。

可當我一個人待著，朱子出去買報紙或是取牛奶的時候，當二十五層的大樓開始安靜的時候，我又掉進一個見不到陽光的地洞，我無法說服自己忘記這個人，這個自稱是我父親的人。

這樣過去了一個多月，在那一個多月的時間裏，我的耳朵邊總是縈繞著老人來找我時說的那句話：

我得了癌症，醫生說最多只有兩個月。

我在說服自己忘記這句話，我對自己說這只是一個瘋子的胡言亂語，可我內心脆弱的部分戰勝不了堅硬冷漠的部分，我甚至對自己說，天底下有很多身患絕症即將死去的老人，而這個叫蔣清林的人，只是其中一個陌生人而已。可這些安慰自己的藉口，在當我感覺肚子裏有另一個生命在動的時候，我就感覺到一種無形的責任，一種一個人對另外一個生命的責任。

我不再說服自己，於是我翻出那張名片，撥通了那個電話。

我舉著電話的右手在顫抖，我知道我已經後悔了，因爲我衝動的行爲，我可能馬上捲入一個巨大的麻煩中，而其實，我不想改變我現在的生活。

當我的思緒千絲萬縷地纏繞著電話那一頭的時候，電話卻長長地響著，沒有人接。感覺鈴聲響了一個世紀，到了一個世紀的最末梢，最終，有一個人來接電話。

我說：「我想找蔣清林。」

電話裏頭是完全陌生而粗魯的聲音：「誰？蔣清林？」

「對，一個差不多六十多歲的老年人。」

「沒有這個人！」

電話裏頭仍然粗魯。

「我說，你這兒是金台路三十號嗎？」

「是！」電話裏不耐煩地。

「那名片上的人留的就是你們這兒的電話。」

「我們這兒是旅館。」

「旅館？那你們有沒有住過一個六十多歲的瘦瘦的老人？」

「你是幹嘛的？」電話裏反倒疑問起來了。

「我——我是蔣清林的女兒，我找他。」我該怎麼說呢？我只能這麼說。

「一個星期前好像有那麼一個人，現在都走了，沒人住了。」

「你知道他去哪兒了嗎？」

「不知道。」

「啪——」我聽見對方掛了電話。

我舉著話筒，我仍舊能聽見那個掛電話的人，他的拖鞋穿過一個似乎是很長的長廊，長廊空蕩蕩的，好像是個沒人住的旅館，或許是個地下室旅館，誰知道呢？他撻撻撻地走著，最後，聲音消失了，電話裏一片寂靜，只有電流的聲音，彷彿那兒是一個並不真實的時空。

最終，我掛了電話，我反覆地看著那張名片，我在那張名片上找不到任何可用的信息了。

我呆坐在電話機旁，想像著那樣一個我從來都沒去過的旅館，那個旅館竟然就在同一個城市裏，那兒可能離這兒很近，也許就在馬路對面的某條胡同裏，也可能有一些距離，在城市的另一端，那兒住著一個叫蔣清林的老人。他說他跟我的身世有關。

我想了又想，可我又真的是無從想像。

從蔣清林這個名字出發，我還能想起什麼呢？這個名字並沒有出現在我小時候石頭鎮的生活裏，也許我能驀然地想起，七歲那年，我在石頭鎮車站的那個下午，我坐在三輛排得整整齊齊的汽車前，跟車站站長老瘸海生的說話。在那個下午，老瘸海生跟我講了一個漫長的故事，一個關於石頭鎮名字由來的故事，他也在那時告訴了我父親的名字。

那個名字，如果我能記得，或許叫「蔣清林」吧。

可是我在記憶裏搜尋了又搜尋，我無法確確實實地回憶起那個名字。我失落了那個名字。在七歲那年的石頭鎮汽車站的某個下午，那個名字滑過我憂傷的心頭，像水一樣地流過。

老瘸海生還在世嗎？如果這個忽然出現的「父親」還在世，老瘸海生應該還在世吧。

日有所思，夜有所夢。這天晚上，我夢見那個叫蔣清林的老人，他站在我的床邊，他的身上有著兩個潔白的翅膀，他似乎變成了天使，他什麼話也沒有說，他只是看著我，沉默地，但我從他的眼神中看出他需要我的寬恕，我默默地向他點了點頭，他似乎有種如釋重負的感覺。是的，我寬恕了他，可是，這個老人，這個自稱是我父親的老人，他又有什麼罪孽呢？他得到了我的寬恕，他走了，我看見他的翅膀飛起來，帶離了他的身體，穿越窗戶而去。

醒來的時候，天微微亮，我有種不祥的感覺，我很害怕，我看看沉睡中的朱子，我來不及等他醒來，我用力推推他，他不高興地睜開眼睛。

我說，「我要去找蔣清林。」

朱子懵懵懂懂地看著我。至少這次，他沒有試圖去阻止我什麼。

我再次從我的日記本裏掏出那張名片，我決定，按照名片上的地址，找到那家旅館。

在那家人影寥寥的地下室旅館裏，住著幾個長年在這個城市跑買賣的人，看起來是那種不算有錢的小商販，那種看起來失敗的中年男人。有人在的，房門就開著，裏面有倒水的聲音，打呵欠的聲音，總之是寂寞而失敗的聲音。每個房間很簡陋，一張床，一雙拖鞋，一張桌子，一個熱水瓶，一個杯子，一個臉盆，一盞日光燈，廁所和洗臉池在過道裏，此外，沒別的設施了。說是地下室，但還是能微微地看到天光的，是那種能看見人走路的鞋子的半地下室。整個走廊裏彌漫著潮濕發霉的氣味，可能因爲廊燈是二十四小時開著的，所以燈泡的瓦數很低，幾乎是貓眼睛的承受光的強度，一個人走在裏頭，牆壁上竟映出兩三個模糊不清的影子來，走廊盡頭也有腳步的回聲。那個服務員，也許是接過我電話的人，對我愛理不理的，坐在接待處看一個信號很差的電視節目。但我終於從一個做藥材生意的房客那兒得知，那個叫蔣清林的老人，離開旅館後，轉去了一家腫瘤醫院。

這個城市有兩家腫瘤醫院。憑直覺，我去了其中一家，人們說，這家腫瘤醫院其實是專門給晚期的、擴散後的、已經沒什麼希望的病人治療的，說是治療，可能也只能說是延緩生命。果然，我在住院部裏查到了他的名字：蔣清林。

沒錯。蔣清林。住院的登記簿上也是這個名字。

我在探訪簿上寫下我的名字：蔣珊紅。

在這個「蔣」與那個「蔣」之間，眞的存在那麼必然的、逃不過的聯繫嗎？

當我見到老人時，他全身裏著紙做的消毒服，連兩隻腳板，也被裹在藍色的消毒紙袋裏，他已經被麻醉，一動不動地，無聲無息地躺著，兩個護士把手術床推進手術室。

老人並沒有看見我。老人現在是看不見我的。

我說我是他的女兒，我要進去。

護士說，任何人都不能進去，

我被留在了手術室門外，等候是漫長的，手術室的門緊閉著，紅色的燈亮起來，我緊張地如同末日來臨，卻無法進入那個房間。

不久，護士出來了，我攔住她，她說手術馬上開始，但需要幾個小時。

我說，他怎麼了？

護士告訴我老人患的是喉癌，但已經全部擴散，整個淋巴都已經擴散了，手術只能摘除最重要的部分，但身體其他已經擴散的部位，除了化療，卻沒任何辦法。

我坐在手術室的大門外，看著一個又一個病人躺在床上被推進去，然後一個又一個被推出來。

護士第二次從手術室出來的時候，開始對我好奇，她問我：「你眞是他女兒嗎？」

我該怎麼回答呢？

我點點頭！

護士驚訝地說：「你要是他女兒，那就奇怪了，你怎麼不知道他得這個病呢？」

我越發地惶恐起來：「我們以前沒見過面。」

護士更奇怪了：「眞新鮮！他做這種嚴重的手術，醫院規定是要家屬或親密朋友簽字的，結果，竟然沒有一個人幫他簽字！我們眞以爲他沒親沒故呢！」

「所以，後來呢？」

「後來，主治醫生說什麼也要給他動手術，像他這種情況，一星期都熬不過去。」

護士說完，顧不上我，又忙著她的事了。

手術結束七個小時後，老人才從麻醉藥中半醒了過來，他被推了出來，安置在一個特危病房裏，那裏面，已經住了另外一個病人。

護士跟我說，麻醉藥過後，病人會有一段時間的疼痛，是挺難忍的。

我站在老人的床邊，直直地盯著他的臉，他的頸部，老人的臉眞是蒼老啊，那麼多皺紋，即使是昏睡中，也是緊緊地擰著眉頭。老人的喉嚨部位，有一個深深的黑洞，腫瘤就在那兒被挖了出來。從喉嚨到鎖骨，他的內部幾乎是空的，透過那個黑洞，似乎能看見血在血脈中緩慢地流動，而流到那個黑洞時，彷彿流進了死亡的墳墓。我就這樣看著老人，直到他在麻藥的功效快消失時醒過來，直到他睜開他的眼睛——我們四目相對，他認出我來了，在他認出我來的一刹那，他的眼淚從眼眶裏流了出來！

護士拿著一瓶藥走了進來。

他張開嘴，要說什麼話，可是，他和我同時發現，他沒有聲音！

護士在一邊馬上說：「發音器官全切除了，所以沒有聲音了。」

我愣住了！我看見老人的眼睛閃過深刻的絕望，像一個孩子，他是害怕的。

老人抬起手來，無力地做了個寫字的動作，我馬上掏出我書包裏的紙，護士遞給我一支筆，老人把紙放在他隔著被單的胸上，他看不見紙，他顫抖地，模模糊糊地寫下了一個依稀可辨的字：痛！

「痛」字很大，歪歪扭扭，佔滿了整個紙頁。

我的喉嚨梗住了，我沒辦法再裝作平靜，在那樣一張老人的臉面前，我實在忍不住了，我揪著那張紙，跑出病房，我站在醫生來來往往的走廊裏，痛苦從我梗著的喉嚨裏噴射出來，我大聲地哭了。

我聽見自己痛哭的聲音，我摀住我的嘴，因爲我怕老人聽到我的哭聲！

半夜，我守著老人，他沒法說話，疼痛使得他連寫字的力氣都沒有，我們之間沒有說話。凌晨兩點多鐘的時候，隔壁床位的家屬爆發出一陣痛哭，那個病人死了，兩個護士把那張床推了出去。

隔壁的床位空了，老人一直醒著，我也醒著，他的眼睛裏是害怕的。房間裏悄無聲息，時時刻刻，對於死的恐懼，對於生的本能的欲望，在我們的大腦裏盤旋著。我把手給他，讓他抓住我的手，我知道，他需要我，在這個世界，他還能抓住什麼呢？

老人緊緊地抓住我的手，那麼緊，就像抓住了整個世界。我們彼此都沒有說話。他失了聲，我竟然也說不出一句話，我知道，只要我一張開嘴巴，我的眼淚就會當著他的面流出來。

就這樣過去了第一個夜晚……我們熬過來了，熬到天亮。

第二天上午，護士把塑料導管插進老人的鼻子裏，導管很長，老人的嘴巴一直張著，呼吸很痛苦。護士用一根大針筒，把攪拌了雞蛋糊和玉米糊的流食打進老人鼻子裏的導管，導管一直通向他的胃裏。

第二天中午，老人終於有撒尿的感覺了，可是他的身體機能幾乎癱瘓了，他無法讓自己順利地撒尿。下身的疼痛使得他臉色脹紅，呼吸急促，全身汗濕。醫生說手術後要是撒不出尿來是非常危險的，有毒的物質在身體裏不排出來會有可怕的後果。兩個護士用了各種辦法，在他耳朵邊倒水，兩個杯子互相倒水，希望流水的聲音對他有幫助，可是即便是那麼輕微的流水聲，也使得老人的大腦神經受干擾而痛苦不堪。兩個小時過去了，最後，醫生說導尿吧，沒辦法。導尿又是可怕的，我看見護士又拿來了一根長長的塑料導管……

第二天傍晚，老人醒了過來，護士再次給他注射流食，同時，護士也教我如何用針管，這樣我可以在某些時候幫助老人進食。在護士的示範下，我試著先把針管裏的空氣慢慢推掉，然後試試流食的溫度，不能太稀薄也不能太稠，接著就可以吸半管容量的流食，通過導管，慢慢地打進老人的胃裏……

可是我仍然做得不太好，有時針管推得太快，老人難受地嗆了起來，多麼可怕，他被嗆住的聲音也是啞的，只能看見他上身的顫抖和脹紅的臉龐，還有那驚恐的眼神。

我們熬到了第二個夜晚……又是導尿……注流食……我們終於熬到了天亮。

第三個夜晚，周圍是那麼死寂，老人一直處於半昏迷狀態。那種可怕的安靜，使得我決定天亮後去街上給他買一個收音機，讓他躺著的無聲世界裏有一些音樂，有一些跟醫院的聲音不一樣的聲音。可是，那個夜晚，我們卻沒有挺過來。臨界點，是在天將要亮的時候，早上六點二十分，他死了。

護士們過來拔走他鼻孔上的吸管，推走了輸液瓶架，接著把他的床推走了，我的手與老人的手分開了。

可是，我還沒來得及告訴老人，我的小名叫阿狗，因爲祖父說，阿狗這個名字好，命硬，不好聽，閻羅王不會把她捉去。

可是，一切都來不及了，我多麼想在他病情穩定下來後，告訴他祖父的故事，告訴他祖母的故事，告訴他那棟三層的石頭樓裏發生的故事，告訴他，小時候的阿狗，是怎麼離開石頭鎮中學的。即便他不是我的父親，即便他對於石頭鎮一無所知，可是，他臨死前，找到的我，我們的手曾經連接在一起，他應該知道我，瞭解我，我們的命運，就是因爲他的死，聯繫在一起的。而且，我懷孕了。

可是，一切都來不及了。

我在老人的死亡證明書上簽下了我的名字。

我從醫院慢慢地走出來，我看著天空的顏色，天空微紅，下午時分，人們漠然地騎車經過十字路口，我的身上散發著醫院蒸餾水的味道，我並沒有哭。我想，小時候在石頭鎮所困擾我的「父親」的問題，再也不打攪我了。

對於石頭鎮，小的時候我那麼恨它，恨那些冷漠的人，恨每年漫長的颱風，恨建在山邊的搖搖欲墜的房子，恨我的祖父對祖母不好，恨啞巴，可是，當那個叫蔣清林的老人出現以後，我對石頭鎮的仇恨減退了，我覺得我的仇恨本身是冷漠的，就像石頭鎮每年農曆七月半要死人一樣，這種仇恨是沒有理由的，我憑什麼要恨一個地方？我是不是覺得那個地方從來就沒有愛過我？就像我覺得我從來都沒有愛過那個地方一樣？

可是，事實上，我是愛過那些人的，當我看著那個老人在醫院裏慢慢死掉時，我相信我是依戀著石頭鎮的，石頭鎮可怕的暴雨和颱風，那些撞得支離破碎的船隻，當我陪伴一個孤獨的老人去世，當我握過那個老人的手，我不再有仇恨了，就像是償還了石頭鎮對我的愛一樣，現在，一切都公平了。

22

「父親」去世以後的第二個星期，我和朱子終於吃完了最後一片的鰻魚鯗。因爲魚鯗鹹得發苦，體積又大，我們平均每天吃兩塊都難以完成。有時，朱子會做一塊鹹魚鯗三明治，聽起來有些怪，可嚼著三明治裏脆脆的生菜與鹹魚鯗絲，味道還不錯。有時，我做好米飯，蒸一塊鰻魚鯗，放在塑料飯盒裏帶到錄像店裏當工作餐吃，我一邊嚼著鰻魚鯗，一邊給顧客介紹各種新來的片子，整個錄像店都散發著飯盒裏的鹹魚鯗的味道，雖然老闆有些不高興，但就是這樣，鰻魚鯗被我們吃了整整一個夏天，終於消失了。

鰻魚鯗吃光了後，樓上的貓不再叫了。

鰻魚鯗從我們的廚房中徹底消失之後，我和朱子忽然覺得生活失去了些什麼，有時，我們拚命地在廚房裏嗅來嗅去，希望能聞到一些熟悉的味道，那個切過鰻魚鯗的案板，那口燉過鰻魚鯗的鍋，那幾只盛過魚鯗塊的白瓷碗和塑料飯盒，我們把它們放在鼻子底下，聞聞彌留在上面的鹹澀味。然後再費勁地吸著鼻子，走到客廳，把鼻子放在客廳的餐桌上，我們希望能聞到桌面殘存的鰻魚鯗的氣味。可是，那種鹹鹹的氣味，那種像石頭鎮大海那樣的氣味，那種像朱子說的女性陰道的氣味，在這個房間裏，確實是越來越微弱了。終於，它的氣味，完全走了，走得空空蕩蕩，走得整個房間因此而空虛起來。似乎，我們的生活要為此，改變些什麼，或者說，必須得有新的東西，來填補這種無盡的空虛。

這個城市已經進入秋天。我和朱子像是兩隻在山洞裏沉睡的動物，昏昏沉沉地度過了炎熱枯燥的酷暑，終於蘇醒過來，我們離開這座高聳入雲的居民樓，離開我們龐大的監獄，我們往外頭走出去。

其實我們不知道要去哪兒，我們不管，我們就是要離開這幢大樓。我們無目的的走到街頭，天空藍得乾淨而憂鬱，年輕的戀人在街頭一前一後生悶氣，自行車的鋼圈依然轉動在人們的腳下，卻似乎比夏日多了份金屬的剛硬，楊樹的綠葉子一張張地接住太陽漏下來的光芒，卻在斑駁的光影中呈現出不可逆轉的金黃色來。還有那些槐樹，那些槐花，嫩黃色的小小花瓣，無聲而脆弱，在街頭密密麻麻地落了一地，把那些地面的石塊都遮住了。槐花兀自落在坐在馬路牙子上看報紙的閒人，落了他們整整一肩。

我們就這樣在城市裏走來走去，走到我們喜歡的琉璃廠的胡同中，看那些老老的玉器，和仿製的黑色骨董，走到賣烤白薯的大煤桶前，花一塊五，買一塊紅色的白薯，對半掰開來，一邊吹熱氣一邊吃。有時街邊有賣剪紙的攤子，我就停下來，一張一張地看。有時候有賣微雕的藝人，把拇指大的微雕石頭擱在紅綢布上，我就站在那個攤子前，拿著他們的放大鏡細細地看那些微雕中的古代山水，長袍古人。朱子陪在我身邊，一邊啃著白薯，一邊回望琉璃廠長長的胡同，有鴿哨的聲音倥呼，在秋日的瓦簷上方格外嘹亮。

胡同的一側仍然佇立著粗老的槐樹，地上有著細密的槐花。

朱子站在樹下，說，槐花落了，我聽得見。

我說，什麼？

槐花落了，我聽得見。

朱子把最後的一塊白薯嚥了下去，悵悵地說。

半個月以後，朱子果眞找到了一份工作，是在一家體育雜誌做專欄編輯。這份工作對朱子來說很合適，他也經常在雜誌做一些關於飛盤運動的報導。關於飛盤運動，他仍然是一流的。

我們還是住在二十五層居民樓的一層，還是每天聽著無數人在我們頭頂吵架，走動，做飯，吃喝拉撒睡。我們也想過搬家，換一個房子住，因爲朱子現在有了工作，多了一份錢，我們是可以搬出這個地方的，可是一談到眞要搬家，我忽然有些戀戀不捨，我在這個屋子裏住了那麼多年，有那麼多的記憶，如果我搬走，我會想念樓上那隻永遠叫個不停的貓，那個抱著貓曾經在夜晚的樓梯上哭的金色鬈髮女人，我會心懷內疚想念隔壁那個從來沒見過的研究香水的姑娘，還有，會想念窗戶東邊那個早上能得到四十五分鐘太陽光的小小角落。

搬家這個話題被持續的討論了很多天，有一天，這個話題終止了，因爲朱子說，我們不再做寄居蟹，我們要買一個自己的房子。

我答應了。我喜歡朱子的說法。

秋天快要過去的時候，我們用兩人的積蓄，在離這個城市很遠的地方，那個地方是城市西邊的一片山野，我們買了個平房。我們很高興房子在山上，這樣我們每天比城市得到更早更多的陽光。天氣好的時候，爬到山頂，能看見遠處綿延著的長城。

我學會了一些運動，我不再站在草地邊上觀望，我也玩起飛盤來。我竟然成爲香山秋季飛盤比賽的候補隊員，我也終於搞清楚了飛盤爭奪賽的詳細比賽規則，比如它是需要每隊七名隊員的攻守雙方，競賽時必須團隊默契，緊緊保護手中的盤，傳盤和接盤在不准觸地的情況下傳到得分區獲勝。如果傳盤被對方攔截或觸地，則攻守雙方在原地交換，持盤的人不得雙腳移動。總之，得穩穩地抓住那只飛盤！

我的身體發生了很大的變化，我逐漸知道，我能夠慢慢走出那個石頭鎮的地洞，用我依然年輕的身體，傳遞給另一個小生命以這個世界的最溫暖的體溫。孩子，他不再是一個寄居蟹的後代。

冬天快要來臨的時候，山上的紅葉子經了霜，紅的更紅，但颳一夜的風，就會掉一半。城市的聲音離我們很遠，我打開面朝山野的房門，我跟朱子坐在門口的空地上，看著漫山遍野的狗尾巴草，我跟朱子說：

「我要回去。」

「回去？回哪兒？」

「石頭鎮。我想回石頭鎮看看。」

「石頭鎮？」朱子疑惑地說。

「對，石頭鎮。」

「就是那個有人給你寄鰻魚鯗的石頭鎮？」

我點點頭。

「就是那個傳說的煮海治龍王的地方？」

朱子怎麼會知道煮海治龍王的故事的呢？

「我跟你一起去。我還要帶上我的飛盤。」

我們倆不約而同地笑了。

23

關於石頭鎮現在的情況，我無從提起，正如我無從進入，重新站在我七歲那年的海灘上。

它還是原來那個石頭鎮嗎？還是。是同一個石頭鎮。沒錯。可它在什麼地方，又跟我的記憶錯位了。

從北京出發，坐了三天三夜的火車，穿過無窮無盡的一截又一截的山洞，穿過漫長的白天和黑夜，當火車從山洞裏鑽出來時，我看見了我心中的石頭鎮。

我們是從老瘸海生的長途汽車站下車的，汽車站位於原來的地方，可石頭鎮汽車站不再是老瘸海生一個人管轄，車站裏有專門的售票員，調度員和剪票員。車站裏也不再只是以前那三輛吐滿了嘔吐物的麵包車，而是充滿了各種雜七雜八的車。而我並沒有見到老瘸海生，我看見了一個面貌酷似老瘸海生的小夥子，穿著T恤衫和緊身牛仔褲，在車站的圍牆裏指揮調度。我想那個小夥子應該是老瘸海生的兒子吧，老瘸海生如果沒有過世的話，也應該退休了吧。候車室的列車時刻表上，班次排得滿滿的。從石頭鎮出發的車，竟能到東西南北很遠的城市，而車站裏，也停滿了從四面八方來的長途汽車。石頭鎮的漁民們，現在，能順利地鑽過山洞，離開家鄉去向別的地方，或是從別的地方回到家鄉了。

我跟朱子在石頭鎮待了三天。

大海毫無遮蔽地，平鋪在朱子眼前，石頭鎮的街巷，曲曲折折地展示在朱子眼前。我不知道那條鋪著青石塊的倭寇巷，是不是在向朱子暗示著我前世的秘密，我時刻注視著朱子的臉。可他是安靜的，他是沉默的。

他什麼都沒有問。

他好像以前來過這個地方。他好像熟悉這個地方。

倭寇巷十三號。那棟我童年的三層石頭小樓，依舊還在，依舊是被白蟻蛀得千瘡百孔的門閂和門板，依舊是那個無比陡峭的木樓梯，依舊是牆角那個紅漆褪盡的木馬桶，依舊是那扇能看見海平面的小石窗。家門口那個被雷電擊中了的焦黑的電線柱，依舊傾斜地豎立在那兒，我似乎依然能看見一身黑衣的祖母靠在柱子邊爲剛剛死去的祖父哭泣，而我似乎也依然能聽見祖母身邊的漁婦們圍著棺材說長道短。

那張老舊的八仙桌，依然擺在樓下，可是桌子上，再也沒有了一罐鹹蝦醬。

一切都回到我童年的現場，可是，它又再也不是我童年的家了。祖父的夜壺沒了，祖母的媽祖娘娘像沒了，祖父吱呀吱呀響的竹床沒了，祖母的大水缸沒了。鎮上房屋管理所的人把這幢房子借給了一對年輕的理髮店夫婦住。房管所的人說這幢房子仍然是我的。可我並沒有見到這對理髮店夫妻，他們不在房子裏，只有一個七八歲大的小男孩，在樓下看電視。那個擺電視機的地方，以前是祖母供媽祖娘娘和觀音菩薩的地方。老舊而凸凹不平的石牆上，刷了一層白漆，牆上貼著巴黎女子的染髮廣告。以前擺著碗櫃的地方，現在放著一個捲髮用的塑料電罩，兩面大鏡子，拼貼在牆上。沿著鏡子搭出來的架子上，有四五把大大小小的剪子，和四五把大大小小的梳子。

小男孩告訴我他的父母去趕集了，我記不起來今天是陰曆什麼日子，也許是集市日，也許是什麼黃道吉日。我想我的記憶已經被城市的陽曆改寫了。

隔壁小院有著梔子花樹的招娣家，七個姐妹們都已經長大成年。來娣死後，招娣仍然沒有招得一個弟弟。她的六個姐姐們早都已經出嫁生子，招娣也嫁給了鄰鎮的一個青年，那個青年並不打魚，他在漁業冷凍廠工作，加工冷凍海鮮，日子過得安寧。大姐金鳳呢，演過幾個花旦的角色，可她畢竟不年輕了，最終是從縣裏回來，回到石頭鎮。鎮上新成立了一個越劇團，招聘了一些十七八歲的會唱戲的姑娘，金鳳就在鎮越劇團裏管催場和道具，她嫁給了一個扮小生的，聽說曾經是演《王老虎搶親》裏邊的王老虎王天豹，而且也聽說金鳳是在演王老虎的妹妹王秀英的時候跟他好上的。小旦和小生，倒是相配。現在金鳳的丈夫不再演王老虎了，而是升到了做鎮越劇團的團長，也算是鎮上的名人了吧。招娣家長年出海的父親如今已經七十三歲，垂垂老矣，可他仍然捨不得賣他的船，每年船頭船尾漆個好幾遍，幾年前他把船租給了鎮上的幾個青年，年末能分紅，因爲他有船，所以他仍然是船老大。

雖然當年的船老大已經不討海了，可他仍然愛說那句話：

討海人與閻羅王，只相隔三寸船板。

招娣媽仍然健在，不知道她是不是還時常想起死在海塗地上的假小子來娣。

莫老師呢，沒有人跟我提起過他，可我知道，他會像任何一個正常的男人一樣，在一片屋簷下結婚生子，或許他還在學校裏教書，或者他已經換了工作。可我的莫老師，他在我心裏是美的，是純的，是安靜的。安靜得像記憶中我們在石頭鎮後山的月圓之夜，安靜得像松樹葉子在風中摩擦的聲音，安靜得像海鳥的翅膀尖掠過泛著波光的水面的聲音，安靜得像摸黑早起的漁民在沙灘上拖著漁網走向帆船的聲音，安靜得像月亮在海的東邊滑落到西邊的聲音。我不想再驚動他，我不想再見到他，我也不想再談論他。他在我心裏。他在我心房的一個角落裏安靜地待著。我的莫老師。我發誓，我這輩子，都不會再去驚動他。我的莫老師。

海邊築起了高高的防波堤，但是聽說颱風仍然是越過防波堤，把海浪推向那些碉堡似的石頭房子。

防波堤一直延伸到山上，山頭的媽祖廟，仍然飄著香火，可是媽祖娘娘的臉，已經被香火燻成了黑色，似乎這麼多年來，討海人沒有再用金粉重新漆過媽祖像。香火比原先寥落。不知爲什麼，媽祖的臉，不是記憶中的那張金色的慈和的臉了。

走在海邊，並沒有看到歸航的船艙裏銀燦燦的魚。我看著那些空空的船艙，很是疑惑。跟漁民問起那些魚的去向，漁民說，那些海鮮啊?船還沒有靠岸，魚就被先運到了漁業冷凍廠加工去了。

一個巨大卻依然在海風中搖晃的天氣預報的牌子，掛在漁鎮碼頭的廣播站門口。有了當天的天氣預報，有了廣播站的高音喇叭，我想漁民的生死不再是那麼地不可預測了吧。碼頭比以前繁忙多了，岸邊的汽笛聲不斷，長長的，穿透著我的耳膜，穿透了石頭鎮的所有小巷。

而那條我再也熟悉不過的倭寇巷，現在改名叫抗倭大街，是石頭鎮最寬也是最長的一條街道，在那條街上，家家戶戶的窗簷下晾曬著剖開了的鰻魚鯗，又粗又結實，它們在風裏慢慢變乾。

我始終也沒有打聽老癩海生的情況。因爲我眞害怕他已經不在人世了。既然連那個叫「蔣清林」的老人都已經過世了，那麼，更年老的癩海生，或許應該也在那個世界裏了吧。在那個世界裏，老癩海生跟石頭鎮海娃的傳說在一起。

石頭鎮的後山頭，祖母墳上的馬尾草長得一叢又一叢，祖父的墳頭挨著祖母的墳頭，風把他們的墳尖塡平了，野草把兩座墳連成了一片，我不知道是應該拔去一些草，還是任它們自由地生長著。野草莓在他們的墳邊紅燦燦地開著，紅得發黑，紅得像是熟了一千年。我終於明白，其實祖父和祖母是離不開的，生前他們住樓上樓下，共用一扇門。死後他們一左一右，共用一片土。在他們周圍，刷著白漆的新墳一丘一丘地連在一起，覆蓋了整個石頭鎮後山的山頭。

而啞巴，竟然與我的親人們埋葬在一起。我不知道哪一座墳是啞巴的墳，因爲我從來都不知道啞巴姓甚名誰，從來也沒有人叫啞巴的眞名實姓。我想當我走過山上祖父祖母的墳頭時，我也許已經無意間跨過了啞巴的墳頭。我站在後山頭的墳塋裏，忽然一絲恐懼掠過心頭，因爲我怕我無意中踩過了啞巴的墳頭，可是我又希望找到啞巴的墳。我在想我對啞巴的情感，是不是應該像對任何一個有罪孽的人死去一樣，獲得活著的人的悲憫。如果我是不幸的，那他應該是更不幸的。二十多年後的今天，我能說話，我能寫下這個故事，可以寫下對他海洋一樣深的仇恨，可他不能，他失去了語言，他被永遠地埋葬在了墳塋裏，就像他難堪的一生一樣，沒有任何自由言語的可能。如果眞的有來世，我希望啞巴的來世能說話，能呼喊，能哭出聲音來！

我感到悲傷。感到穿透心頭的悲傷。我的悲傷來自這些墳，這些我所知道名字的墳，和這些我並不知道名字的墳。我感到啞巴在陰間的悲傷，我感到這些來自陰間的悲傷。我長大了，我離開了石頭鎮，我變成了一個女人，可是這些人一點兒都不知道我的長大，這些人一點兒都不知道我回來了，我想念他們，不管他們曾經多麼可怕多麼可憎。我看到他們，可是我永遠不能再見到他們了。只有這些黃色的土，只有這些衰老的土。

我站在石頭鎮的後山頭，我哭了出來，山上的風是那麼硬，我看見我的眼淚一串串地，掉在乾枯的山土裏。

離開漁鎮的那天，我對著石頭鎮後山的方向，跪下來，磕了一個頭。在那座面臨大海的山頭，在山頭媽祖廟的屋簷下，埋葬著居住在我心頭的人。

尾聲

三天三夜的長途火車後，我們回到了現在居住的一千八百公里之外的北京。

最後，我還想提到關於我們在石頭鎭最後一天發生的一件事。

那天下午，朱子在綿延著漁網的海灘邊玩飛盤，海闊天空，海鷗像在記憶中那麼無憂無慮地在浪花上飛來飛去。朱子興奮地一會兒把飛盤扔給我，一會兒又扔給大海，下午的潮汎一浪一浪湧來，他的下半身浸泡在海水裏，而我坐在乾乾的礁石上看著朱子，忽然，飛盤在天空轉了一圈，飛了出去，最後，遙不可及地落在了黃昏輝煌的大海裏。朱子跳進海裏，游出去找他心愛的寶貝，可是他看不見飛盤在哪兒，前前後後找了幾十分鐘，四周只有波浪相互撞擊出的白沫。

我站在高高的岸上，看著海，海面上什麼都沒有。

我想朱子那只白色的飛盤再也不會回來了。

關於那只被石頭鎮大海吞沒了的飛盤，它的歷史是：它是專業飛盤裏的一只用於爭奪賽的花式盤，盤的正面印著一棵綠色的大榕樹，重一百四十克，直徑二十六釐米，它跟從朱子長達六年時間，比我和朱子待在一起的時間還長，曾參加過四十三次國內飛盤比賽，兩次國際飛盤友好賽，獲得過三十八次冠軍，兩次亞軍，一次季軍。伴隨著它輝煌的戰績，它在石頭鎮的大海裏海葬了。

海洋能淹沒朱子最心愛的飛盤。海洋也能淹沒我的石頭鎮嗎？我害怕南極洲的冰雪融化了，我害怕北冰洋越來越大，我害怕海平面上升，我害怕這些冰冷的水淹沒了我的石頭鎮。我害怕石頭鎮的消失，正如記憶它無所憑證地消失了，記憶它無所依附，我們往哪兒去並不重要，可是我們是從哪兒來的這是必須淸楚的，我希望我心中的石頭鎮永遠站在海角邊，不讓那些南極洲融化的冰雪吞沒了，正如記憶，不讓石頭鎮後山頭那些乾燥的黃土埋沒掉。

我和朱子背著行李從北京火車站走出來，我們的呼吸似乎還透露著石頭鎮的海腥味。子夜，長安街上的鐘聲迴盪在夜空裏，這是我們的北京，東邊是天安門，西邊是香山。十二點的鐘聲敲過後，我們趕上了最後一班公共汽車，回去我們在北京西郊的山上的房子。公共汽車在夜晚的城市裏開過，路燈一盞一盞地，像是不中斷點亮的焰火。那幢二十五層大樓，那幢曾經收到一條乾鰻魚鯗的大樓，那幢曾經有一個自稱是我父親的老人來訪的大樓，那幢住著一個金色鬈髮豹紋緊身裙女人的大樓，巨大的站在暮色裏，慢慢地滑過了我們的視線。此刻，溫熱的燈光從那些小小的窗格子裏透出來，在我們遠遠滑過的視線裏，它沒有聲音，它只有體積，它巨大卻失去了聲音。這幢大樓，這幢我曾經仇恨的大樓，此刻，對我來說，它變得親切，它像我一個仇恨的親人，或者是像我一個親密的仇人。它變成了我的啞巴，它變成了我的父親，它變成了我的石頭鎮。我認識它的每一處細節，我用心撫摸過它的每一處細節。

那幢二十五層的大樓慢慢地在我的視線裏褪去，它站在深重的北京夜色裏，仍然有著微弱而溫暖的光芒，哪一家還沒有睡，哪一家還在說話，哪一家還在等待未歸的愛人，我想我知道這些人的秘密，這些人的痛楚，和這些人的歡笑。

我靠在朱子的肩膀上，公車微微地顫動著，我感到我腹中的嬰兒在動，他在踢腿，他在試圖張開手臂，我感到一絲疼痛，我感到一種即將分娩的恐懼，我也感到一種欣慰的憂傷。我哭了出來。

回家的路是那麼遠。我想起祖母說的話，人是有前世和今生，還有來世的。我想，我正開始迎來我的今生。

LOCUS

LOCUS